·青鸟文库·

# 潮骚

（日）三岛由纪夫 著 林少华 译

（日）三岛由纪夫 著 林少华 译

# 潮骚

青岛出版社
QINGDAO PUBLISHING HOUSE

图书在版编目(CIP)数据

潮骚/(日)三岛由纪夫著;林少华译.—青岛:青岛出版社,2018.5
 ISBN 978-7-5552-5614-4

Ⅰ.①潮… Ⅱ.①三…②林… Ⅲ.①长篇小说-日本-现代 Ⅳ.①I313.45

中国版本图书馆CIP数据核字(2017)第141191号

| | |
|---|---|
| 书　　名 | 潮骚(青鸟文库) |
| 著　　者 | (日)三岛由纪夫 |
| 译　　者 | 林少华 |
| 出版发行 | 青岛出版社 |
| 社　　址 | 青岛市海尔路182号(266061) |
| 本社网址 | http://www.qdpub.com |
| 邮购电话 | 0532-68068091 |
| 策划编辑 | 杨成舜 |
| 责任编辑 | 霍芳芳 |
| 封面设计 | 毛　增 |
| 照　　排 | 青岛双星华信印刷有限公司 |
| 印　　刷 | 青岛双星华信印刷有限公司 |
| 出版日期 | 2018年5月第1版　2021年4月第5次印刷 |
| 开　　本 | 32开(710mm×1000mm) |
| 印　　张 | 6.25 |
| 字　　数 | 80千 |
| 印　　数 | 17001-22000 |
| 书　　号 | ISBN 978-7-5552-5614-4 |
| 定　　价 | 20.00元 |

编校印装质量、盗版监督服务电话　4006532017　0532-68068050

**本书建议陈列类别：日本 / 文学 / 畅销**

# 生存之美与"毁灭之美"(代译序)

通观日本近现代作家,不难看出两个特点。一是不大关心社会和政治,并自视为清高之举,导致"私小说"盛行;二是不少人硬是不想活着而情愿自杀,其中包括一代才子芥川龙之介和诺贝尔文学奖获得者川端康成。而自杀本身也大多出于难以摆上桌面的一己之因,因而往往使世人为之掬一把同情之泪或发出一片不胜惋惜的唏嘘。但凡事总有例外。

说起这种例外,大凡年纪稍长之人,大概还会记得上个世纪60年代最后一年(佐藤执政时期)在东瀛京城上演的一场血淋淋的闹剧——一个头缠写有"七生报国"字样的白布、身着仿佛拿破仑时代遗物的戎装的汉子,领着三个同样装束的男士,堂而皇之地冲入自卫队东部方面总监部,把个总监大人绑得结结实实，又打伤几名试图搭救长官的士兵，在阳台上面对院子里集合起来的自卫队队员发表了一通充满军国主义火药味的讲演之后，大喊"天皇万岁"而切腹自杀。场面之凄绝十分了得。

此君便是一度被提名为诺贝尔文学奖候选人的战后日本著名作家三岛由纪夫。尽管人们对其生前势如天风海涛的文学才华无不刮目相看，但对其此般死法则大多认为是一种倒行逆施的畸形表演，是时代错误，是对民主主义的反动，是作家品质的极度退化造成的歇斯底里。在上个世纪70年代，日本人甚至视谈论三岛事件为一种禁忌。彼邦尚且如此，我国更不必说。不妨认为，提起三岛由纪夫，不少国人印象中他只是个狂热鼓吹复活军国主义的反动分子，而并不清楚他同时也是曾一度睥睨日本文坛的著名作家。其《丰饶之海》四部曲（《春雪》《奔马》《晓寺》《天人五衰》）往日似曾作为批判军国主义的反面教材翻译过并内部发行过，而尚未正式将其作为作家介绍给一般读者。经过二十年的翻云覆雨，历史毕竟进入了冷静审视的岁月。今天，我们可以不必一味受制于批判意识，亦不必迷惑于其头上一度有过的耀眼光环，而尽可理性地面对其作品本身。从字里行间窥视作家内在的心态，跟踪其艺术历程的轨迹，体悟其中沉淀的日本传统美学的风韵与情致。

这里谈他的两篇小说。《潮骚》为中篇，《金阁寺》算是长篇。其实三岛是个多产作家，15岁开始写诗，16岁发表小说，至45岁自杀，倒也勤奋得可以，作品接踵而出，全集达35卷之多。

三岛受日本古典文学和近代浪漫派影响较深，崇尚艺术至上主义和唯美主义，把个"美"字喜欢得如醉如痴。如果说《金阁寺》集中体现了其所钟爱的"毁灭之美"，《潮骚》则讴歌的是生存之美。同样是美，却分属相距辽远的两极。一边跃动着炼狱之火，一边流溢着"伊甸园"之光；一边是精雕细刻的人工极致，一边是阳光海滩的原始芳香；一边憧憬着金阁寺在熊熊大火中焚毁的瞬间辉煌，一边在少女健美丰盈的胴体上寄托着玫瑰色的梦乡。

不是么,《潮骚》中,到处是亮丽的阳光和青翠的松林,到处是生命胀鼓鼓的活力和青春热辣辣的气息。星光下的海滩上,小伙子同心爱的姑娘不期而遇,那令人想起"海湾盈盈起伏的湛蓝色波纹"的少女胸脯使得小伙子陷入幸福的迷乱。雨中哨所里,打盹醒来的小伙子忽然见到少女那珠圆玉润的裸体,那胸前犹如一对淘气的小动物般的乳房。当两人拥抱在一起时,感觉到的却仍是一派玉洁冰清的氛围,颇有偷吃禁果前的亚当与夏娃的意味。这里,排除一切思想,鄙夷一切学问。女大学生急欲得到年轻渔夫的爱恋而终究无法如愿,能说会道的安夫注定要在情场竞争中一败涂地。作者所讴歌的生存之美,是强健的体魄、淳朴的性格、坚定的意志、虔诚的信仰。这里没有忸怩作态的风骚,没有故弄玄虚的斯文,没有怨天尤人的感伤,没有晨风夕月的抒情。一切显得淋漓酣畅,浑然天就,野趣盎然。

作品发表于1954年,获首届新潮社文学奖。发表当初便引起截然不同的反响。有人认为是"近乎十全十美的杰作",有人则指出是对古希腊神话的"简单模仿",是"中学生读物"。

相比之下,三岛更注重发掘"毁灭之美",而主要体现在《金阁寺》中。

金阁寺尽管金碧辉煌,精美绝伦,堪称"世上最美的存在",但奇怪的是,它从不给人以轻松的愉悦之感,从不唤起吟风弄月的闲情逸致,从不肯把一线阳光投向主人公幽暗的心田。莫如说到处充满凄风苦雨,到处徘徊着影影绰绰的幽灵,到处预示毁灭的杀机与伏线。它取材于1950年7月实际发生的纵火事件(现在的金阁寺是1955年修复的)。生来为口吃苦恼的青年沟口从贫穷的乡下来到金阁寺出家以后,终日沉迷于金阁之美,幻想在战火中与金阁同归于尽的壮美场面。然而战争的结束使这一愿望永远化为泡影,绝望之余,毅然将金阁付诸一炬。前面的《潮骚》到处跃动的是生的诱惑,青春的光影;这部《金阁寺》则通篇鼓涌着死的魅力,毁灭的壮观。它集中体现了三岛的所谓"毁灭之美"。

《金阁寺》发表于1956年,获读卖文学奖,是三岛最有代表性的长篇。日本文学评论界认为这才是真正的文学作品,甚至可以说是抒情诗,是战后文学的纪念碑,足可作为小说创作的教材。但也有人认为是"心理小说""观念小说"。的确,文中长篇累牍的心理刻画和对某种观念的诠释的斐然文采,几乎淹没了主人公作为血肉之躯的人性光辉,窒息了男男女女日常性的喘息,使他们沦为早已精心设计好的表现"毁灭之美"的剧中的傀儡演员。但无论如何,即使作为"观念小说"也是成功的。文中传递的信息,已经包容或总结了作者思想追求和美学追求的一切,预示了其十几年后自行中断生命的结局。

这里所说的"毁灭之美",中国读者听起来或许觉得不顺,但绝非彼邦的专利,国人早已知之践之。古诗词中的"菊残犹有傲霜枝""零落成泥碾作尘,只有香如故",小说中的"黛玉葬花",说的便是同花团锦簇形成强烈反差的另一种凄婉之美、寂灭之美，亦可称为毁灭之美。这方面的豪言壮语亮节烈行可谓比比皆是。诸如"宁为玉碎，不为瓦全""竹可焚而不可毁其节，玉可碎而不可改其白，士可杀而不可辱""生当作人杰，死亦为鬼雄""我自横刀向天笑，去留肝胆两昆仑"，其英风豪气，直干云霄。记得小时夜读"三国"，读到巴郡老将严颜被俘，面对张飞的呵斥，凛然大叫"但有断头将军，无降将军"，久久为之激动不已。这种场面当然是一种美。就是说死也可达至一种美，"虽死犹荣"，此之谓也。而落到了现代人笔下，便成了不无酸溜溜味道的"毁灭之美"或"悲剧美学"云云，说法有别，其义归一。

话说回来，就日本文艺美学的传统而言，的确有更注重表现毁灭之美的倾向。总的来说，中国文学艺术侧重于塑造富有生命力的典型，如在傲霜斗雪的松竹梅岁寒三友身上不知消耗了古代多少文人墨客的心血与才华。其所烘托的坚毅之美、顽强之美、傲岸之美，表现出中国文人独特的心理风貌、人文精神和审美价值取向。而对于生命力脆弱者则大多采取不屑的态度，遂有"昙花一现""水性杨花""轻薄桃花""烟消云散"之讥。日本文学则不然，就其最有代表性的诗歌形式和歌俳句而言，不难看出其大量吟咏的乃是"三日即落"的樱花、飘零无寄的红叶、转瞬即逝的晨露等物。起初受中国文学的影响，欣赏最多的还是梅花，如《万叶集》。但不久即为樱花取而代之，从《古今和歌集》至今莫不如是。诚然，樱花美则美矣，但在日本人眼中，她之所以美，就美在开了三天五日便一股脑儿落去，痛痛快快来个自我毁灭，以致有"花数樱花人唯武士"之说。总之，美就美在其流转不居、见好就收。以此寄托他们对人生和世事的体悟和感受，进而沉淀为一种颇具特色的审美心理定势。一位日本游客第一次目睹中国人穷尽几代人以至几十代人毕生精力建造的莫高窟和万里长城，不由大为感叹：日本民族绝对不是修得起万里长城的民族。就是说，日本人不喜欢干这种甚至几代人都看不出个究竟的活计，忍受不了在本人有生之年无法从中体味生存变化之美和毁灭之美的寂寞。

由此观之,"毁灭之美"实非三岛其人的突发奇想,而在深层次上植根于日本文艺美学的传统之中。实际上三岛也受日本古典文学的传统影响较深。这本来无可厚非。问题是他自己最后竟走火入魔,弄出了一幕滑天下之大稽的丑剧。

前面说过,《潮骚》是表现生存之美,《金阁寺》则突出"毁灭之美"。读者或许要问,二者体现在同一作家身上岂不自相矛盾?偏爱"毁灭之美"的人如何会欣赏生存之美?其实不然。三岛表现这两极之美的目的却是一个:反社会、反时代、反潮流,即乃射向同一靶心的两支箭。《潮骚》中,用古风犹存的孤岛渔村,用健康的体魄和纯真的天性,用自然的海潮之声,来对现代都市、现代社会所讲究的学识、理性与进步加以蔑视和嘲弄;《金阁寺》显然通篇长满毒牙。其对战时的一往情深,对战后一切所持有的偏见和深恶痛绝表现得淋漓尽致,以致非要眼前出现毁灭场面才痛快才舒心,偏要来个"向里向外,逢者便杀,逢佛杀佛,逢祖杀祖,逢罗汉杀罗汉，逢父母杀父母……"顺便提一下，作者似乎把主人公的纵火动机归因于这段禅语，显然有欠公道。佛家向以慈悲为怀，这段禅语无非是要人摈除我执，以求进入物我两忘、了无滞碍的天马行空式的妙境。不过我想，三岛毕竟是一代文豪，不至于不解个中真谛，只不过引用时别有用心罢了。

当然，日本战后随着西方形形色色的思潮蜂拥而至，原有的价值观大多土崩瓦解，不少人陷入迷惘困惑和精神危机之中。因此对三岛的逆反意识，恐怕也不宜仅仅以"反动"二字完全蔽之无余。

最后，还是要介绍作家的简况。三岛由纪夫，本名平冈公威，1925年生于东京一官僚家庭（父亲为农林省水产局长），东京大学法学部毕业，后入大藏省银行局供职，不到一年便辞职从事专业创作。1968年组织右翼团体"盾之会"，自任队长，鼓吹复活军国主义，1970年剖腹自杀。此人少年得志，中学时代即开始创作。艺术上崇尚唯美主义，作品力求辞藻华丽，工于古典笔法。主要作品有《爱的饥渴》《禁色》《假面具的自白》《金阁寺》《忧国》《丰饶之海》，剧本《火宅》《鹿鸣馆》，戏剧集《近代能乐集》等。三岛在国际上也有一定影响，是日本现代作家中作品被翻译到海外最多的人，甚至被外国誉为"日本最伟大的小说家""国际天才"。从这个意义上，将其作品介绍给我国读者也是一件有意义的事。

**林少华**
**二〇〇九年六月二十三日修改于窥海斋**
**时青岛半街黄杏栀子飘香**

# 目录

第一章 / 001

第二章 / 009

第三章 / 018

第四章 / 024

第五章 / 031

第六章 / 042

第七章 / 053

第八章 / 061

第九章 / 079

第十章 / 092

第十一章 / 106

第十二章 / 117

第十三章 / 132

第十四章 / 144

第十五章 / 164

第十六章 / 174

# 第一章

歌岛是座小岛,人口一千四百人,方圆不过八里。

岛上有两处最漂亮的景点。一处便是岛顶附近面朝西北的八代神社。

从这里望去,小岛面对的伊势海四周可以尽收眼底。北面知多半岛近在眼前,由东向北横卧着渥美半岛,西面是一道隐约可见的海岸线,从宇治山田迤逦伸往四日市。

登上二百阶的石级,在一对石狮子护卫的牌坊下回头眺望,可以望见由这些远景围拢的一如往昔的伊势海。牌坊这里本来松枝纵横,有一棵呈牌坊形状的"牌坊松",给人们远眺提供了一座别致的凉栅,可惜数年前枯死了。

松树的绿色还很浅淡。而靠近陆地的海面,已被春天的海藻染上了红色。西北向的季风，不断从海湾口凛然吹来，砭人肌肤，人们很难在这里悠然赏景。

八代神社祭祀的是绵津神。对于这位海神的信仰，是从渔民生活中自然而然产生的。渔民们总是祈求海上风平浪静。每次从海难中脱险，他们都向八代神社献上谢神钱。

八代神社有六十六面宝贝铜镜。其中既有八世纪的葡萄镜，又有整个日本才有十五六面的六朝时代铜镜的复制品。镜子背面雕刻的小鹿和松鼠，在遥遥古昔从波斯森林出发，经过漫漫陆路和迢迢海路，绕了地球半圈才来到这座小岛定居下来。

另一处最漂亮的景点是岛上东山顶附近的灯塔。

灯塔矗立的悬崖下面，伊良湖水道的海流呼啸不止。有风之日，这道伊势海和太平洋的狭窄海门卷起数个巨大的漩涡。隔着水道，渥美半岛的头部紧逼而来。那乱石遍地的荒凉海滩，立着伊良湖崎小小的无人灯塔。

从歌岛灯塔，可以望到太平洋的一角。在西风劲吹的拂晓时分，有时可以隔着东北面的渥美湾望见群山远处的富士。

每当出入名古屋、四日市的轮船从海湾内外星罗棋布的无数渔船中间穿行通过伊良湖水道的时候，灯塔便透过望远镜最先认出轮船的船号。

镜头之中，闪进三井集团一艘一千九百吨的十胜号货轮，两名身穿工作服的船员一边原地踏步一边交谈。

不久，泰里斯曼号英国轮船驶进港来。在上甲板做投圈游戏的船员身影渺小而真切地映入眼帘。

灯塔员俯在值班室桌子上，在过港船舶报表上填写船号、信号符号、通过时间和方向。然后用电文进行联系，以便港口货主迅速做好准备。

黄昏时分，由于夕阳被东山挡住，灯塔四周便阴暗下来。海上光朗朗的天空，老鹰盘旋飞舞。它像试飞似的在高空交替扇动双翅，看似俯冲之时，却在空中急速后退,就势滑翔。

天快黑下来时,一个青年渔民手里提着一条大比目鱼,走出村口,沿着通往灯塔的山路急急赶去。

他前年从新制中学毕业出来,才十八岁。高高的个头,壮实的体魄,唯有脸上的稚气与年龄相符。皮肤晒得不能再黑,鼻子端庄,嘴唇带有细小的裂纹,体现出小岛居民的特色。黑黑的眼睛十分清澈,但这是与海打交道的人从大海得来的赐物,绝非睿智的表露。他上学时的成绩糟得一塌糊涂。

他今天一整天都没脱去出海的作业服——死去的父亲留下的长裤和质量粗劣的夹克衫。

小伙子穿过四下沉寂的小学校园,走上水车旁的坡路。接着登上石级,来到八代神社后面。暮云四合,神社院子里的桃花影影绰绰。从这里去灯塔,用不上十分钟即可到达。

山路崎岖不平,不熟悉的人白天都难免跌跤,但小伙子这双腿,闭上眼睛也能在松根和岩石中稳步前行。甚至像现在这样边走路边沉思也不在话下。

刚才还有一缕残照的时候，载着小伙子的太平号返回歌岛港。他每天都同船主和一位同伴乘这只机动小船出海打鱼。船回来后，他把鱼移交到协会的船上，将渔船靠上海滩，便提起这条准备送到塔长家的比目鱼，先沿内滩往自家赶去。暮色苍茫中的沙滩仍一片嘈杂，回荡着众多渔船靠岸的呼喊声。

一个从未见过的少女，把一副称之为"算盘"的结实的木框立在沙地上，身体靠在上面歇息。这木框是在卷扬机拽船时垫在船底下一点点使船向上移行的工具。看样子少女已结束作业，正在小憩。

她额头渗出汗珠，两颊通红欲燃。尽管西来的冷风吹得很紧，她仍迎风扬起干活干得发热的脸，不无惬意地任风吹拂自己的头发。她上身穿着棉坎肩，下面是条裤裙，手上戴着脏乎乎的手套。健康的肤色与其他女子并无不同，但眉清目秀，娴静典雅。少女凝眸注视西边海上的天空。那里阴云叠积，其间印出一点红色的夕晖。

小伙子对这张脸没有印象。歌岛上不可能有没有印象的面孔。外乡来客一目即可了然。但少女的装束不像来客。只是那副看海看得入神的样子，与岛上活泼的少女有所不同。

小伙子故意从少女面前走过。他像小孩子看稀罕物一样从正面盯视少女。少女则微微蹙一下眉头，并不看他，依然凝望海湾方面。

小伙子口讷，端详完毕，便快步离去。当时他只是充满好奇心，兼带一种朦胧的幸福感。过了好半天，也就是到他开始登往灯塔去的山路的时候，这种有失礼节的端详才在他脸颊上唤起热辣的羞愧感。

他透过山路两旁松树的空隙，眺望眼下浪潮轰鸣的大海。月出前的海面一片黑暗。

拐过传说有高大女妖迎头挡路的"女妖坡"，灯塔明亮的窗口开始在头顶出现。那光亮刺得小伙子眼睛隐隐作痛——村里的发电机坏了很久，在村里看的全是煤油灯光。

他所以经常往塔长家送鱼，是因为感到塔长有恩于己。从新制中学毕业的时候，小伙子考试不及格，有可能推迟一年毕业。常去灯塔附近拾松叶当柴烧的母亲同灯塔长的太太很熟，便向太太诉说如果儿子推迟毕业，家庭生计很难维持。太太转告了塔长，塔长便去找要好的校长求情，小伙子因而得以正常毕业出来。

走出校门，小伙子出海打鱼。他时常往灯塔送鱼，也帮忙买点东西。如此一来二去，甚得塔长夫妇的欢心。

灯塔的水泥台阶前有座塔长住房，房前是一小块菜地。厨房玻璃窗里晃动着太太的身影，看来正在做饭。小伙子从外面招呼一声，太太打开门：

"噢，是新治！"

小伙子默默递过比目鱼。

太太接过，高声叫道：

"老头子，新治送鱼来了！"

"总是麻烦你，太谢谢了。喂，进来好了，新治。"里面传来塔长憨厚的语声。

小伙子站在门口犹犹豫豫。比目鱼已被放在大白搪瓷盘子上。血从微微喘息的鳃间流出，沁在白嫩光滑的肌体上。

## 第二章

第二天早上,新治同样上了船老大的船,外出捕鱼。海面上白亮亮地映出黎明时分微阴的天宇。

到渔场要一个小时。新治扎着一条从夹克衫前胸一直垂到长胶靴膝部的黑色橡胶围裙,手上戴着长胶手套。他站在船头,一边望着渔船前方灰蒙蒙晨空下的太平洋,一边回想昨晚从灯塔回来到睡觉前的情景。

……灶旁一间吊着昏暗油灯的小屋里,母亲和弟弟等待新治的归来。弟弟十二岁。父亲于战争最后一年被机枪打死。在新治如此出来做工前的几年时间里,一直靠母亲一个人当海女[①]的收入支撑这个家。

---

[①] 海女:潜入海中捕捞鲍鱼等海产品的妇女。

"塔长很高兴吧?"

"嗯。叫我进去喝可可来着。"

"可可是什么?"

"一种西洋汤汁样的东西。"

母亲根本不会做菜。或切生鱼片,或用醋拌,或整条烧烤,或煮熟了事。今天盘子里装的便是整条煮鱼,一条新治捕回来的竹麦鱼。下锅前洗都没有洗好,咬起来常咬到沙子。

饭桌上,新治盼望母亲提起那位没见过的少女。但母亲从不谈论别人,从不说三道四。

饭后,新治领弟弟去澡堂洗澡。他想在澡堂里听到有关议论。因时间已晚,里边人很少,水也脏了。渔业协会会长和邮电局局长泡在浴池里谈论政治问题,瓮声瓮气的语声震得天花板直响。兄弟两人对视一下,靠池边泡下身子。左听右听,话题还是转不到少女身上。过不一会,弟弟便匆匆爬出水去。新治也只好跟出。问其缘故,弟弟阿宏说今天玩刀枪游戏的时候,用刀打在协会会长儿子的头上,打哭了对方。

这天晚间发生一件怪事：原来躺下就睡着的新治，却久久难以成眠。小伙子从来没生过病，他甚至怀疑这是否真是一种病症。

这种奇特的不安，今天早上仍困扰着他。然而当他立身船头，面对豁然展开的无边大海，浑身不禁充满平日所熟悉的劳动活力，心头随之释然。马达的震动使得小船微微颤抖，强烈的晨风打在他脸颊上。

右边悬崖上高耸的灯塔已收敛了光束。伊良湖水道飞溅的浪花，在早春褐色的树木下，在灰蒙蒙的晨光中，显得格外莹白醒目。由船老大掌舵的太平号在翻卷的海潮中顺利前进。若是巨轮，通过这条水道时必须从泛着水泡的两座暗礁之间的狭窄航道上航行。航道水深五百米至六百米，而暗礁之上仅有七十至一百二十米。从这漂浮着作为航道标志的浮标处开始，朝太平洋方向沉有无数个章鱼篓。

歌岛年捕鱼量的八成是章鱼。十一月开始的章鱼汛期现已接近尾声，往下该进入春分前后的枪乌贼汛期。伊势海很冷，章鱼要赶去太平洋深处避寒，途中等待它们的便是章鱼篓。而这一季节已经结束。

对于岛上太平洋一侧的浅海地形，富有经验的渔夫简直像对自家院子一样熟悉其每一个角落。他们说：

"海底颜色如变黑，定有渔绳在一起。"

他们用罗盘测定远处岬角、山脉的方位，通过其夹角确定船的位置。知道了位置，也就知道了海底地形。分别连接百个以上章鱼罐的渔绳，井然有序地在海底列阵以待。渔绳上系的众多浮子，随着海潮上下飘摇。打鱼的技术，掌握在既是船主又是船老大的老练的捕捞长手里。新治和另一个年轻人龙二，只消干力所能及的力气活即可。

捕捞长大山十吉有着一张被海风揉搓得如皮革一般的脸，连皱纹里面都已被太阳晒黑。手上脏污的皱纹和往日打鱼留下的疤痕连成一片，难分彼此。他很少笑，性格沉静，即使发出的捕捞指令，也不至于因为着急生气而提高音量。

捕捞当中，十吉一般都不离开舵台，用一只手调节马达。来到海湾,发现有好多路上没见到的渔船早已汇聚在此,相互交换早上的问候。十吉给马达减了速,开到自家渔场,然后指示新治把传送带接在马达上,使之缠上船舷的转轮。船沿着章鱼罐渔绳缓缓行驶的时间里,转轮带动舷外滑车旋转,两个年轻人交替把渔绳搭在滑车上拉起。若不时刻坚持用手捋绳,绳往往会滑下去。况且无论如何都需借助人才能将因浸海水变重的渔绳从海中拽出。

海平线云霞蒸腾,日影朦胧。两三只水老鸦探出长脖子在海湾水面上游动。往歌岛那边望去,朝南的悬崖峭壁被群居的水老鸦的粪染得一片雪白。

海风彻骨生寒。但是把渔绳放在滑车上卷动的新治望着湛蓝的大海,感到有一种活力——一种使自己干得出汗的活力正从海中涌起。滑车转动不已,湿漉漉沉甸甸的渔绳爬上水来。新治的手隔着胶手套握紧冷冰冰硬邦邦的渔绳。捋过的渔绳通过滑车时,水点如冰雹一般四溅落下。

接着,土红色的章鱼罐从水中现出。龙二从旁察看,若是空罐,便在其接触滑车前的一瞬间迅速倒空里面的水，任绳子将其再次送入海中。

新治叉开腿，一只脚蹬在船头，以一种蔑视大海的气概不停地拉拽长长的渔绳。绳接连从他手上通过。新治是胜利者。但海也不甘示弱，嘲笑似的把一个个空罐送上水面。

相隔七米或十米的鱼罐已有二十个空空如也。新治捋绳，龙二倒水。十吉不动声色地手扶舵把，默默注视着年轻人作业。

新治脊背慢慢渗出汗来。朝风吹拂的额头也已挂上光闪闪的汗珠，他觉得两颊发热。太阳终于穿过云层，把年轻人龙腾虎跃的身姿的浅影投在脚下。

这回上来的鱼罐，龙二没有把它转向海面，而是口朝下往船上倾倒。十吉止住滑车，新治这才看了一眼鱼罐。龙二用木棍往罐里捅着，但章鱼总是不肯出来。搅拌了一通之后，章鱼才像正午睡时被吵醒的人一样老大不乐意地全身爬出，蹲在那里，机舱前大鱼篓的盖子已被挑开，今天最初的猎物呼噜一声掉了进去。

太平号整个上午时间几乎都用来捕章鱼。收获量只有五条。海面风平浪静,太阳光灿灿地照射下来。太平号驶过伊良湖水道,返回伊势海,准备在这块禁渔区悄悄挂起飞钩。

所谓飞钩,就是把结实有力的钓钩列成一排,船开起来时像拖钉耙一样拖在水里。垂有钓钩的众多细线平行地系在渔绳上,再把绳水平沉入水内。隔段时间起钩一看,有四条鱼和三条比目鱼跃出水面,新治光手从钩上摘下。鱼白肚皮朝上躺在满是血迹的船板上。比目鱼深埋在皱纹里的小眼睛和湿乎乎的黑色身体,映出蓝色的天空。

午饭时间到了。十吉把钓起的鱼在机舱盖板上做成生鱼片,往每人的铝饭盒盖上分了一份,再把小瓶里的酱油浇在上面。三个人拿起角落里的饭盒,吃着里面塞有两三片黄萝卜咸菜的麦饭。船在徐缓的海浪里自由航行。

"知道吗?宫田的照爷把女儿叫回来了。"十吉突如其来地说道。

"不知道。"

"不知道。"

两个年轻人一齐摇头。

十吉于是谈起来：

"照爷家有四女一男。女儿太多，就嫁走三个，一个给人当了养女。最小的叫初江，被志摩志崎的海女领了去。不料独生子松兄去年得肺病死了，照爷家再无男孩，顿时寂寞起来。这么着，就把初江叫回来，准备给她恢复户籍，再找个上门女婿。那初江出落得十分漂亮，小伙子们都想上门，可热闹着哩！你俩怎么样？"

新治与龙二相视一笑。其实两人都红了脸，只是由于晒得太黑看不出来。

新治的心中，十吉说的姑娘同昨天在海滨见到的少女浑然融为一体。与此同时，想到自己囊中羞涩，马上没了信心，昨天看得那般近切的少女变得虚无缥缈起来。因为宫田照吉手上有钱，是一百八十五吨歌岛号机帆船（已被山川运输公司租用）和九十五吨春风号的船主，而且一向以说话尖刻闻名，满头狮子毛似的白发。

新治从不胡思乱想。他认为自己年方十八，还不必急于考虑女人。他所处的环境也不同于经常接受刺激的城市青年。歌岛没有弹子球游戏室,没有酒吧,没有陪酒女郎,一个也没有。小伙子的幻想很简单:将来有一条自己的机帆船,和弟弟一起搞近海运输。

新治周围固然有烟波浩渺的大海,但未曾做过飞往海外那种不着边际的美梦。对渔夫来说,观念上海和农民拥有的土地差不多。海是生活的基地,海面便是柔软的土地,只是上面随风起伏的不是稻穗麦穗,而是形状多变的白色穗波。

尽管如此,这天捕捞作业结束时,小伙子还是怀着莫名的激情注视着一艘在海平线暮云前航行的白色货轮。他觉得世界正以前所未有的巨大幅度从远处逼近。这未知世界的图像犹如一声远雷,轰轰传来,转瞬而逝。

船头木板上,一枚小海星已经晒干。小伙子坐在船头,将视线从暮云移开,轻轻拍打缠着白色厚毛巾的脑袋。

## 第三章

晚上，新治去参加青年会的例会。以往小伙子们有一种叫"寝屋"的合宿制度，现在换了名称。仍有很多人宁愿睡在海滨这座简陋的小屋里，而不喜欢待在自己家中。这里认真地开展很多讨论，诸如教育、卫生、打捞沉船、海难求助，以及古来被视为年轻人活动的狮子舞和盂兰盆舞等等。一来到这里，小伙子便感到自身同公共生活息息相关，领略到一个男子汉肩上担子的重量。

关起来的木板套窗被海风吹得直响，油灯摇摇晃晃，不时地忽明忽暗。夜幕下的海涛近在门外，潮水的轰鸣向小伙子们被油灯晃得光影斑驳的快活面孔不断诉说着大自然的狂暴与威力。

新治进去时，有一人四肢着地趴在灯下，正让同伴用有点生锈的理发推子理头。新治微微一笑，抱膝靠墙坐下，静静地倾听别人的意见，这是他一贯的做法。

小伙子们放声大笑，相互夸耀今日海上战绩，肆无忌惮地奚落对方。喜欢读书的人拼命翻阅过期杂志，也有人同样认真地闷头翻看漫画书。他们用较之年龄而骨节偏大的手压住书页，有时一时看不出里面的幽默所在，想两三分钟后才会心一笑。

新治在这里也听到了有关那个少女的议论。一个牙齿参差不齐的青年张开大嘴笑罢说道：

"提起初江来……"

只听到这里，往下便听不清了。青年似乎有意使自己的声音同别人的笑声混淆起来。

新治原本对任何事都不动脑，唯独这个名字仿佛什么重大难题似的搅得他心烦意乱。只要一听其名，顿觉脸红心跳。虽然这样静坐未动，却出现了劳动时才有的身体变化。这使他很不是滋味。他用手摸了摸脸颊，觉得脸烧得好像不是自己的。自己莫名其妙的东西的存在刺伤了他的自尊心，愠怒致使脸更加发红。

大家在等待支部长川本安夫的到来。虽说不过十九岁，但安夫是村里名门之后，具有令人言听计从的威力。年纪轻轻便懂得如何保持威严，每次集会必定姗姗来迟。

门砰的一声拉开，安夫走了进来。他生得胖墩墩的，一张赭红脸，显然是能喝酒的父亲的遗传。眉头则轻描淡写，透露出一丝狡黠。他的标准语①讲得十分地道。

"对不起，来晚了。那就马上商量一下下个月的工作任务吧。"说着，坐在桌前打开记事本。不知为什么，样子显得很急。"早已讲定的任务嘛，这个——就是为开办敬老会和筑路运输石料。此外还有以灭鼠为目的的下水道清除工作，这是村会委托的。当然，都是利用变天不能出海捕鱼时进行。捕鼠什么时候都可以。即使在下水道以外的地方灭鼠，也不至于被驻军老爷逮起来的嘛！"

"啊哈哈，妙，妙！"

---

① 标准语：主要以东京方言为标准的日语，类似我国的普通话。

他还提议请校医讲卫生常识，或举行演讲比赛，但正月刚过，对活动已经厌烦的小伙子们反应冷淡。接下去是品评会，评析油印会刊《孤岛》。喜欢读书的人对随想结尾部分引用的魏尔伦诗句一同发起攻击。

我不知道

我悲哀的心

为何在大海中央

气呼呼地发狂

振翅跳跃、飞翔……

"'气呼呼地'是什么呀？"

"'气呼呼地'就是气呼呼地嘛。"

"应该是'气鼓鼓地'吧？"

"对了对了，'气鼓鼓地跳跃飞翔'才说得通。"

"魏尔伦何许人也？"

"法国的大诗人。"

"什么呀，莫名其妙！怕是从哪首流行歌曲中照抄过来的吧？"

每次例会都是这样七嘴八舌地不了了之。但这次令新治不解的是,支部长安夫不知为什么急匆匆地先走一步。于是他抓着一个同伴询问何故。

"不知道?"同伴说,"应邀参加宫田照爷家庆祝女儿归来的宴会呀。"

不一会,未应邀赴宴的新治一个人溜出房间——以往他是同大家一路谈笑回家的——沿海滨朝八代神社石级那边走去。他从斜坡上重重叠叠的房屋中找出了宫田家的灯。灯是千篇一律的灯。宴会的光景固然无从看见,想必油灯敏感的火苗把少女文静的双眉和修长睫毛的阴影,摇摇晃晃地投在脸颊上。

新治来到石级下,抬头仰望松影稀疏的二百阶白色石级。他向上爬去。木屐发出清脆的响声。神社四周空无人影。神宫早已熄灯。

一口气登上两百阶也毫不喘息起伏的厚厚胸脯,在神社门前谦恭地倾俯下去。他把十元①硬币投进香资箱。之后咬咬牙又投进十元。随着传遍院

---

① 十元:指日元。

落的合掌声响,新治在内心这样祈祷道:

"神啊,请保佑海面风平浪静,鱼虾满网满舱,村里繁荣昌盛。保佑还年轻的我早晚成为一名像样的渔夫,成为海、天、船、渔无所不知无所不能的有出息的人。保佑我善良的母亲和年幼的弟弟。在海女下海时节保佑母亲的身体在海中平安无事……再保佑我这样的人——也是不合适的请求——同样能得到漂亮的新娘……例如像回到宫田照吉家那样的姑娘……"

阵风吹来,松梢哗然。此时风一直吹到神社黑暗的深处,传出森严的回响,似乎海神接受了小伙子的恳求。

新治仰望星空,深深吸一口气,心里思忖:

如此贪得无厌的祈求,不会招致神的惩罚吗?

# 第四章

四五天后来了一场强风。海浪越过歌岛港的防波堤高高溅起。海面到处雪浪翻卷。

天气虽然晴朗,但全村因风停止捕捞,新治便按母亲吩咐,在完成青年会安排的运石任务之后去搬运柴火。柴火是母亲在山上捡的,放在山顶原来陆军哨所的旧址,上面扎条红布为记号。

新治背起运柴的木架走出家门。去那里的路要经过灯塔。拐过女妖坡,风奇怪地停了。塔长家大概正睡午觉,静悄悄的。灯塔值班室里,可以看到灯塔员俯案的身影,有收音机的音乐从中传出。爬上灯塔后面的松林陡坡的时候,新治冒出汗来。

山里寂无声息,不但空无人影,连只野狗也不见。这座岛上忌讳土地神,别说野狗,家狗也从不饲养。岛上全是斜坡,平地极少,因此也没有用来运货的牛马。说起家畜，只有猫。村舍间由上至下的石子坡路上，猫们一边摇晃尾巴尖轻轻扫着村舍错落有致的阴影一边向下走来。

小伙子登上山顶。这里是歌岛最高的地方。不过四周长满杨桐和茱萸，看不到远处，唯有海潮声从草木空隙传来耳畔。由此南下的坡路几乎被灌木和草丛封住，须绕相当一段弯路才能到达哨所。

走了一会，松林沙地的前方闪出三层高的钢筋混凝土哨所。这座白色的旧址，在阒无人息的静寂的大自然中看起来有几分妖冶。从二楼瞭望台，士兵可以用望远镜确认从伊良湖崎对面的小中山靶场打出的炮弹的着落点。室内的参谋问落在哪里，士兵作回答——战争期间这里周而复始的便是这种生活。宿营的士兵总是把粮食的不觉减少归咎于狐狸精。

小伙子望了望哨所的底层。里边堆着捆起来的枯松叶。这往日似乎做贮藏室用的底层，由于窗口极小，有的玻璃依然完好。借着从中透过的一线光束，他马上发现了母亲留下的标记。有几捆系着红布条，上面用稚拙的墨迹写着其姓名"久保登美"。

新治放下背上的木架，把枯松叶和树枝绑在上面。他舍不得马上离开好久没来过的哨所，便把柴火暂且放在这里，迈步登上混凝土楼梯。

这时，顶上响起似乎木石相撞的轻微响声。他侧耳细听。声音断了。定是神经过敏。

登上二楼，里面一片狼藉，既无玻璃又无窗框的窗口前，一望尽是荒凉的大海。瞭望台的铁栏已荡然无存。黑乎乎的墙壁上，遗留着士兵们用白粉笔乱写的字迹。

新治继续往上登。当他从三楼窗口把目光落在已残缺不全的国旗升降塔上时，真切地听到了有人抽泣的声音。他一跃拔起穿运动鞋的双脚，轻快地跑上天台。

看到蹑手蹑脚突然出现在眼前的小伙子身影，吃惊的倒不如说是对方。哭泣的是一个穿木屐的少女。见到新治，少女止住哭，呆呆地站着——是初江。

小伙子怀疑自己的眼睛，不相信这突如其来的幸福邂逅是真的。两个像森林中走碰头的两头野兽，警戒心和好奇心混杂在一起,面面相觑,直立不动。

终于,新治问道:

"是初江吧?"

初江不由得点了下头,旋即现出惊讶的神色,不知对方何以晓得自己的名字。但小伙子拼命睁大的纯真的黑色眸子,似乎使初江想起海滩上定定逼视自己的那张血气方刚的脸。

"是你在哭?"

"是我。"

"为什么哭?"新治俨然巡警似的问。

少女回答得意外爽快。她说塔长夫人开了一个讲座,向村里愿意学习的少女教授举止礼仪的通常规范。自己今天是第一次参加,由于来得过早,便爬上这后山散步,结果迷了路。

这当儿,两人头上掠过一袭鸟影,是隼。新治认为这是个吉兆。于是,板结的舌头缓解开来,恢复了平日男子汉的气度,说自己正要经灯塔回家,可以送到那里。少女也没擦脸上挂的泪珠,破颜一笑,宛似雨中射下的一缕阳光。

初江身穿红毛衣和黑哔叽长裤，脚上是天鹅绒袜子和木屐。她站起身，靠着天台的水泥围栏俯视大海，问道：

"这房子是干什么用的？"

新治也在离开她一点点的地方靠住围栏，回答说：

"哨所。观察炮弹落在什么地方，在这里。"

被山挡住的海岛南侧无风吹来，阳光下的太平洋尽收眼底。悬崖松下，被水老鸦粪染白的岩角突兀而起。靠近岛的海水由于黑海带的关系呈现出黑褐色。新治指着惊涛拍击的高大岩石告诉少女：

"那是黑岛。铃木巡警在那里钓鱼时被海浪卷走了。"

新治现在十分幸福。初江去塔长夫人家的时间正一点点逼近。少女离开水泥围栏，转向新治说：

"我该走了。"

新治没有应声，现出诧异的样子：初江红色毛衣的胸口，横着一道黑线。

初江觉察出来。原来刚才胸部靠的水泥围栏黑乎乎的很脏。她低下头,用手心拍打自己的胸脯。那包藏坚挺支架的毛衣隆起处,在她用力的拍打下微妙地摇颤不止。新治出神地看着。她越是拍打,乳房反而越像个淘气的小动物。那富有运动弹力的柔韧,使得小伙子感动莫名。一道黑线被拍打掉了。

新治在前头走下水泥阶梯,初江的木屐发出脆生生的清响,回荡在这荒废的四壁之中。从二楼往一楼下时,木屐声在新治背后戛然而止。新治一回头,少女笑起来。

"笑什么?"

"我黑,你比我还黑。"

"黑又怎么?"

"晒得太厉害了嘛。"

小伙子无端地笑着走下阶梯。刚要直接前行,马上转过身来:忘了母亲让带的柴火捆。

由此返回灯塔的路上,背着一大堆柴禾的新治让少女走在前头。少女问起新治的姓名,新治这才相告。又赶紧补充一句,求她不要把自己的姓名和在这里相遇的事告诉别人。村里人的嘴巴很杂,这点新治清楚得很。初江保证不说。害怕村民议论这个堂而皇之的理由,将这次无所谓的偶遇,变成了两人的秘密。

新治默默行走,一时想不出下次相见的借口。不觉之间,两人来到了可以俯视灯塔的地方。小伙子把通往塔长家房后的近路指给少女后,在此告别,自己绕道回去。

## 第五章

此前,新治一直过的是清贫而自得其乐的安稳生活。但从这天开始,小伙子变得焦躁不安,时而陷入沉思。使他感到烦恼的,是自己身上似乎没有任何足以吸引初江的东西。无论除了麻疹尚不知生病是何滋味的健康体魄,还是甚至可以绕歌岛转五圈的游泳本领,抑或自以为不在任何人之下的臂力,他都觉得不足以使初江倾心。

此后总也得不到同初江相遇的机会。每次出海回来他都张望海滩。即使有时认出初江的身影,也都正是她忙得团团转的时候,没有搭话的空闲。她再没有独自倚着"算盘"眼望海湾。而当小伙子想得累了,下决心不再考虑初江的时候,却必定在渔船返回海滩的嘈杂光景中隐约发现初江。

若是城市青年,可以从小说和电影中学得恋爱方法，可是歌岛概不存在仿效的对象。因此，即使现在回想当时从哨所到灯塔那只有两人的宝贵时间里应该做什么，新治也全然摸不着头脑。空留下痛失良机的懊悔。

父亲的忌日到了。虽然并非当月当日，一家人还是外出扫墓。因新治每天都要出海，便选择出海前的时间，同登校前的弟弟、手拿香和花的母亲一起走出家门。岛上没人看家也不至于被盗。

墓地在村头与海滩相连的低矮山坡上。涨潮时海水一直漫到山脚。山坡坑坑洼洼地埋着墓石，有的由于沙地软而已倾斜。

天光尚未破晓。灯塔正在那边熠熠生辉，西北边的村落和渔港则仍在黑暗中熟睡。

新治提着灯笼走在前面。弟弟阿宏不断揉着惺忪睡眼跟在后头，他拉了下母亲的衣襟说：

"今天饭盒里可要装四块糯米糕哟！"

"傻瓜，两个就够了。三个都要撑破肚皮的！"

"不，四个嘛！"

祭祀青面金刚或祭祖那天做的糯米糕，大小和枕头相差无几。

墓地里，阴冷的晨风迷路似的吹着。被岛隔阻的海面一片幽暗，海湾染上一线曙光。环绕伊势海的群山轮廓已清晰可见。黎明中的墓石看起来犹如繁闹港口中停泊的白帆——在长时间沉沉下垂当中变成了一具具化石，再也无法扬帆起航，锚也深深扎进黑泥中而无法再次拔出。

来到父亲墓前，母亲插上花，由于风吹，划了好几根火柴才把香点燃。然后让两个儿子跪拜，自己也在后面跪拜，并且哭了。

村里向来有这么一种说法："船上不能载一个女人一个和尚。"父亲死时的船便犯了这条禁。有个老太婆死了，协会的船载其尸体去答志岛检验。在驶离歌岛大约五公里处遇上了从航空母舰起飞的B-24轰炸机。炸弹抛落下来，接着是一阵机关枪扫射。这天轮机长不在，代理的人不熟悉机械。停止运转的马达上腾起的黑烟成了敌机的目标。

管道和烟囱被炸裂，新治父亲头部从耳朵往上被炸得一塌糊涂。另一人被击中眼睛，当场死了。

一人被子弹从背部穿进肺叶，一人腿被炸断。一人屁股被削掉，因出血过多而很快死去。

甲板和船舱底全成了血池。石油罐被击中，油洒在血浆上面。一个没有卧倒的渔夫因而腰部受伤。藏在船头舱内冷藏室中的四人幸免于难。一个人拼命挤出船桥小窗逃生。回来后想再次钻过那小小的圆窗时，却怎么都无法如愿。

这样，十一人中死了三人。可是盖着一张席躺在甲板上的老太婆尸体，却一颗子弹也没挨着。

"捞玉筋鱼的时候我爸就害怕，"新治回头看着母亲说，"每天都怕挨打，这回倒落得个措手不及。"

捞玉筋鱼是在海湾四寻泽施展的一种高难度捕鱼技术——用一根竹缚上鸟的羽毛，像海鸟追赶深海鱼一样插进水里捕捞，须屏息敛气，不失时机。

"是啊，提起捞玉筋鱼，在捕鱼好手里边也不是人人都干得了的。"

阿宏则不理会哥哥和母亲的对话，入迷地想着十天后的修学旅行。哥哥在弟弟这般年龄穷得未能去成，如今用自己赚的钱为弟弟凑足了旅费。

一家人拜完墓，新治一人径自去海滨作出海的准备。母亲回家拿饭盒，以赶在出海前递到新治手上。

小伙子急匆匆朝太平号赶来时，往来渔民的说话声随着晨风传进他的耳朵：

"听说川本安夫要当初江的上门女婿啰！"

新治的心顿时漆黑一团。

太平号这天也捕了一整天章鱼。

返港之前的十一个小时里，新治几乎没有吭声，只是一个劲地捕捞。平日也沉默寡言，不吭声别人也不以为意。

返回渔港，仍像往常那样接上协会的船，卸下章鱼。其他鱼通过中介人之手，移到一家称为"买船"的个体鱼店船上。黑鲷在秤上的铁丝笼里浑身闪闪反射着夕晖，蹦来蹦去。

每旬发薪一次，今天正是发薪日。新治随着船老大走进协会办公室。这十天里共捕鱼三百多公斤，去掉协会销售手续费、一成存款和损耗费，纯收入为二万七千九百九十七元。新治从船老大手里接过四千元。在汛期已过的现在,可说是不错的收入了。

小伙子舔了下指头,用粗糙的大手认真数罢钞票,重新装进写有名字的信封,深深塞进夹克里边的口袋。然后朝船老大点下头走出办公室。船老大同协会会长围着火炉,相互夸耀自己用黑珊瑚做的烟嘴。

他本来打算直接回家,但脚步不由自主地朝暮色中的海滩走去。

海滩上,最后一只船正在上岸。男人有的卷绞车,有的拉绳子。因人手不够,两个女子把"算盘"贴在船底往前推着。船身显然很难动弹。海滩暮色苍茫,连赶来帮忙的中学生的身影都没有。新治想助一臂之力。

这时,推船的一个女子扬起脸来朝这边看来。是初江。新治不想见到这个一大早就把自己心情弄得一团糟的少女。但脚步已经走近。少女汗津津的额头,红扑扑的脸颊,凝视船头方向的黑漆漆、亮晶晶的瞳仁,无不在昏暗中燃烧。新治无法从这张脸上移开视线。他默默地攥住绳子。卷绞车的男子说了声多谢。新治的力气非比一般。船很快爬上沙滩,女子连忙拿起"算盘"追赶船尾。

船上来后,新治头也没回便往自家走去。本来很想回头,但忍住了。

拉开门,自家红褐色的垫席在依旧昏昏然的灯光下浮现出来。弟弟趴着,阅读伸到灯光下的课本。母亲在灶旁忙个不停。新治胶靴也没脱,倒下上半身,仰面躺在席上。

"回来了?"母亲招呼道。

新治喜欢不声不响地把装钱的信封递给母亲。母亲也心领神会,故意装出忘记每旬发薪日的样子。因为她知道儿子想看自己惊讶的神情。

新治把手伸进夹克里边的口袋。没有钱。摸摸另一侧的口袋。又摸了摸裤袋,连裤子里面也伸进去摸了。

肯定掉在海滩上。他不声不响地跑出门去。

新治跑出不一会,有人敲门。母亲走到门口,看见胡同暗处站着一个少女。

"新治君在家吗?"

"刚回来,又出去了。"

"在海滩捡的。上面有新治君的名字……"

"实在谢谢了。新治怕也是去找这个的。"

"我去告诉他一声好了。"

"也好,真是谢谢。"

海滩已四下漆黑。答志岛、营岛上微弱的灯光在海湾那边闪闪烁烁。静静入睡的众多渔船,在星光下威风凛凛地朝海面扬起船头。

初江看到了新治的身影。但很快又被挡在船后不见。由于俯身寻找,看样子新治没发现初江。在一只船的阴影里,两人刚好走碰头。小伙子茫然伫立。

少女讲了事情的经过,说是前来告诉钱已交到他母亲手里的。还说为了找他家打听了两三个人,并一一出示了那个信封,以免引起猜疑。

年轻人放心吁了口气,微微一笑,莹白的牙齿在黑暗中闪出动人的光泽。少女由于赶得急,胸脯一上一下地跃动不止,使得新治想起海湾盈盈起伏的湛蓝色波纹。今早开始困扰自己的烦恼释然冰消,勇气鼓满胸怀。

"听说川本安夫要去你那里当女婿,可是真的?"小伙子脱口而出。

少女应声笑了起来。而且越笑越厉害,险些透不过气。新治本想制止,旋即转念作罢。他把手放在少女肩上。其实并未用力,初江却瘫软在沙地上,仍笑不已。

"怎么?怎么回事?"新治在她身旁蹲下,摇着其肩膀问。

少女总算止住笑,一本正经地迎面盯住小伙子的脸,又憋不住笑了。

"真的?"

"傻瓜,根本没那回事儿。"

"可的确有这种说法哟!"

"天大的笑话!"

两人在船影里抱膝而坐。

"呃,好难受,笑得这地方都怪难受的。"说着,少女按了按胸脯。身上褪色的斜纹哔叽工作服,唯独胸口处大起大落。"这里不舒服。"初江重复一句。

"不要紧?"新治不由把手放在那里。

"给你这么一按,就好些了。"少女说。

新治胸口急速地打起鼓点。两人脸颊离得非常之近,可以相互嗅到对方海潮一般强烈的气味,感觉出对方的热量。干裂的嘴唇合在了一起。多少有点咸味,犹如海藻,新治想。这一瞬间过后,小伙子在有生以来初次体验造成的愧疚心理驱使下,离身站立起来。

"明天打鱼回来,我去塔长家送鱼。"新治面对大海,拿出男子汉的威严宣布。

"在那以前我也去塔长家。"少女也眼望大海宣称。

两人分开走向船的两侧。新治打算径直回家,突然觉察少女还未从船阴处闪出。但沙地上印下的身影,告诉他少女藏在船后头。

"影子可都出来啰!"小伙子提醒道。

旋即他发现,身穿粗纹工作服的少女如一头小鹿从那里一跃而起,头也不回地在沙滩上一溜烟跑向远处。

## 第六章

翌日,出海归来的新治提两条用草绳穿起的虎头鱼,往塔长家走去。爬到八代神社后面时,他想起还没有对神明立竿见影的恩宠表示感谢,便绕到前面,献上虔诚的祈愿。

祈愿完毕,望着月光普照的伊势海,做了个深呼吸。几块云絮浮在海面,俨然古代诸神临凡。

小伙子感到四周辽阔的大海同自身高度融为一体。他觉得深深吸入的空气,仿佛自己用肉眼看不见的一部分渗入了自己身体的深处。传来耳畔的海潮声,仿佛巨大的海流和体内的青春热血交融互汇后发出的协奏曲。新治在日常生活中并不特别需要音乐,无疑是因为大自然在这方面完全满足了他。

新治把虎头鱼高高提起,对着它满是尖刺的丑恶面目伸了下舌头。鱼分明活着,但一动不动。新治于是捅了捅鱼鳃,一条在空中打了个挺儿。

为了这幸福的会面时刻,小伙子来得太早了,便慢慢悠悠消磨这段时间。

塔长和太太也都对新来的初江怀有好感。看上去沉默寡言,难以接触,却突然笑得满脸生辉,妩媚动人。而且非常乖觉。讲完课散去时,别的姑娘都没注意到,只有初江将大家用过的茶杯手脚麻利地收拾起来洗好,有时还帮助洗别的东西。

塔长夫妇有个送去东京读书的女儿,只在假期才回来。两人就把时常来访的村里姑娘,当作自家女儿看待,设身处地地为她们着想,也为她们的幸福而由衷地庆幸。

度过三十年灯塔生活的塔长,相貌凛然,加之大声训斥偷偷溜进灯塔探险的村里顽童的高嗓门,孩子们很是怕他。但实际上是个心地善良的人。孤独使得他完全失去了相信人们恶意的心情。灯塔上最开心的佳肴就是客人。哪里的灯塔都远离民居,远道来访的客人一般都不至于居心不良;再说受到他满腔热忱的接待之后,任何人心里都不会有恶意存在的余地。事实上也如其常说的那样:"恶意不会像善意那样远道而来。"

太太也是极好的人。以前当过乡间女校的教师,加之漫长的灯塔生活愈发养成了读书习惯,因此在任何方面都具有百科全书般丰富的知识。她知道斯卡拉歌剧院在米兰,知道东京的电影明星在某某地方崴伤了右脚。谈论起来往往把丈夫驳得哑口无言,随后便专心缝补丈夫的袜子、准备晚饭。客人来时,满口滔滔不绝。村里边也有人对其口才佩服得五体投地,并将其同自己木讷的老婆相比,而对塔长寄予不必要的同情。但塔长也敬佩太太的学识。

塔长家是三间平房。一切都像灯塔里面一样收拾得干干净净,整整齐齐。柱子上挂着海运公司的挂历,起居室围炉里的灰炭总是摆得规规整整。女儿不在的时间里起居室一角的桌子上也摆着法国偶人,蓝色的玻璃笔盘闪烁其光。将灯塔机油的残渣变成煤气来做燃料的五右卫门式浴池,就在房子后面。甚至厕所的毛巾也经常带有刚刚洗过的蓝色，干净爽手，同不讲究卫生的渔民家截然不同。

塔长一天的大半时间都坐在炉旁，吸着插在黄铜烟嘴里"新生"牌香烟。整个白天灯塔死气沉沉。只有年轻的塔员在值班室里填写船舶通过报表。

这天黄昏时分，本来并非聚会日期，初江还是带着一包用报纸包好的海参前来拜访。藏青色哔叽裙下穿着肉色棉布袜，又套了双红色短袜。毛衣仍是绛红色的。

进来不一会，太太便爽快地告诉说：

"穿藏青裙子，袜子要黑的才好，初江，有的吧？以前穿过一次来着。"

"嗯。"初江脸略微一红，坐在炉子旁边。

在炉旁的时候，太太便放下在大家都不无拘谨的聚会上讲课的语调，首先唠起家常。见到年轻姑娘，便从一般恋爱观问到有没有意中人。姑娘扭扭捏捏，有时连塔长也插话使之发窘。

天快黑了，塔长夫妇再三劝初江吃完晚饭再走。初江说老父一人在家等着，一定得回去，并主动提出帮厨。一直低着通红的脸、对端出的糕点动也没动一下的初江，走进厨房后立时开朗起来。一边切海参，一边唱起说是昨天伯母教给的岛上流传下来的盂兰盆伊势舞曲。

……

长衣柜短衣柜肩挑衣柜，

女儿呀，叫你带走这多柜，

你肯定一去永不归。

不对，妈妈，你说的不对，

东边阴了随风来，

西边阴了伴西回。

哪怕千石压船上，

乘风也要把家归。

……

"啹，我来这岛上三年了都没学会，你倒学会了。"太太说。

"和志崎那边唱的差不多嘛！"初江应道。

这时，暮色沉沉的窗外响起脚步声，随即有人寒暄：

"您好啊！"

"莫不是新治？……瞧你，又送鱼来了，太谢谢了。老头子，新治送鱼来了！"

"总是让你惦记着。"塔长坐在炉旁没动地说道。

如此往来应答的时间里，新治和初江交换了一下眼色。新治微微一笑，初江也微微一笑。不料猛然回头的太太的目光捕捉了两人的微笑。

"你们认识？互相？噢，小村子嘛。那就更好了。新治，快进里边来……啊，对了，东京的千代子来信了，特意向新治问好。这姑娘怕是对你有意思吧。马上就放春假回来了，到时候来玩！"

只这几句话，使得本打算进来的新治大为沮丧。初江低头对着水槽，再未回头。小伙子缩回昏暗，再三挽留都不肯进门，后退好几步才点点头，转身离去。

"新治这么好害羞，老头子。"太太边说边笑，长长的笑声在房间里回荡。塔长和初江都未应声。

新治在拐过女妖坡那里等待初江。

在这道坡的拐角处，灯塔四周昏昏的天幕仍然隐约透出一抹落日余晖。尽管松阴重重叠叠，眼下的海面仍铺满最后的残光。初来的春风今天在海上吹了一整天，直到傍晚也没在皮肤上引起感觉。拐过女妖坡，连这丝风也销声匿迹，唯见落日沉静的光芒从云层空隙泻落下来。

海中，歌岛港对面那短小的岬角向前探出，其沿崖部位参差不齐，几块巨石劈开雪浪昂然挺立。岬角一带特别光亮。顶端一株沐浴夕晖的红松树干，历历映进年轻人敏锐的眼睛。蓦地，树干黯然失色。往上一看，但见天顶一片黑云，星星在东山外开始闪闪眨眼。

新治把耳朵贴在岩角上，听得细碎的脚步声从塔长家门前的石阶沿着石板路越来越近。出于恶作剧，他躲藏起来，准备吓初江一跳。可是当可爱的脚步声快到跟前时，他担心吓坏姑娘，反而为告知自己的所在而用口哨吹起初江刚才唱的伊势舞曲：

……

*东风阴了随风来，*

*西边阴了伴西回。*

*哪怕千石压船上，*

……

初江拐过女妖坡走来，然而就像没发现新治在那里似的，迈着同样的步子走了过去。

"喂——喂——"新治随后追来。

少女依然头也不回。无奈，小伙子只好跟在少女后头默默前行。

山路被松林簇拥着，黑乎乎的，愈发崎岖难行。少女用小手电筒在前面照亮，但步伐迈得太慢，不觉之间新治走到了前面。随着一声轻轻的惊叫，手电筒光俨然飞起的小鸟，从松树干迅速朝树梢滑去。小伙子机灵地回过头，抱起跌倒的少女。

虽说周围情况使然，但小伙子想起刚才打埋伏、吹口哨以及尾随盯梢所描绘出来的自身的不良形象，不由有些羞赧。因此扶起初江后，他没有重温昨天那种亲昵，而是像兄长一样温柔地拍去少女衣服上的泥土。沙地上的泥已差不多干了，一拍就掉。好在看来没有受伤。这时间里，少女像小孩子似的把手搭在他厚实的肩头上乖乖不动。

初江开始寻找电筒。两人身后的地面上，电筒撒开淡淡的扇形光束躺着。光束中满是松叶，岛上凝重的黑暗包围着这一线微光。

"在这儿呢！跌倒时大概甩到后面来了。"少女朗然笑道。

"生什么气呀？"新治认真地问。

"你跟千代子的事嘛。"

"傻瓜。"

"什么事也没有？"

"那还用说！"

两人并肩前行。拿着手电筒的新治导航似的一一指点不好走的地方。由于没有话题，木讷的新治断断续续地叙述起来：

"我早晚要用干活攒下的钱买条机帆船与弟弟两人运送纪州的木材和九州的煤炭。好让母亲过几天舒心日子，到老那一天我也回到这岛上享受享受。

无论去哪里的海上航行,我都不会忘记歌岛。我要尽一切努力,使岛上的风景变得比日本任何地方都漂亮(歌岛的人对此深信不疑),使岛上的生活过得比任何地方都和平幸福。要不然,谁都不会再记起这个岛。不管世道变成什么样子,恶劣习惯都会在到达歌岛之前就消失得无影无踪。大海只送来歌岛所需要的纯真和善良,也只保护歌岛遗留下来的纯真和善良。这样,这座一个小偷也没有的海岛上,有的只是勤劳、坚毅、勇敢、表里如一的爱与像样的男子汉。"

诚然,这些话说得有欠条理,前后也不连贯。但对小伙子来说已是少有的雄辩。听新治如此粗线条叙述的时间里,少女并未应答,只是一一点头。但看起来绝不显得勉强和无奈,表情充溢着一种坦诚的共鸣和信赖,使得新治感到欣喜。如此一本正经谈到最后,小伙子因不愿意被对方认为自己不严肃,有意省去了祈求海神保佑时说的最后一句重要的话。虽然没有任何东西妨碍两人,山路一直笼罩在树木深影之中,但这次新治没有握初江的手,更没想到接吻。昨晚在昏暗海滩上发生的事情，他觉得同自己的意志毫无关系，而纯属外力促成的始料未及的偶发事件。居然会有那般举动，真是不可思议。两人总算约定了下次会面的时间地点——下一个渔休日在哨所碰头。

从八代神社后面走过时，初江首先发出轻微的惊叹，止住脚步。新治也随之站住。

村里万家灯光。宛如盛大隆重而又悄无声音的祭祀活动的开幕场面，所有窗口都光彩灿然，通明雪亮，既像熏黑的油灯又有些不像。仿佛整个村落从黑夜中突然醒来，一跃而起。原来，坏掉好久的发电机排除了故障。

进村前，两人在路口分开，初江一个人在久违了的路灯光下走下石级。

# 第七章

终于,新治的弟弟阿宏盼来了出发去修学旅行这一天。这次旅行将周游京阪地区,在外面住六天五夜。从未走出海岛一步的少年们,将睁大眼睛观察外面广阔的世界。过去到内地修学旅行初次目睹圆太郎马车的一个小学生,曾这样圆瞪双目叫道:"嚇,这么大的狗拖着茅房到处跑!"

岛上的孩子不是先接触实物,而是先通过教科书的图片和文字说明学习概念。可想而知,仅凭想象来描绘电车、大厦、电影院和地铁是何等勉为其难。而在接触实物后,感叹惊愕之余,便会明确认识到概念的苍白无力。毕竟,在岛上整整一年时间都想象不出眼下一瞬间城市路面电车川流不息的光景。

由于修学旅行,八代神社里的护身符卖得很

快。母亲们都觉得孩子即将到自己见所未见的广阔都市里去进行一场生死攸关的伟大冒险。死和危险原本在他们的日常生活中和身边的大海里便已窥伺时机。

阿宏的母亲咬咬牙，煎了两个咸得要命的鸡蛋，用来做了盒饭。又往书包不易发现的深处塞了几块焦糖几个水果。

神风号渡轮这天，只有这天破例下午一点钟开航。这艘不到二十吨的砰砰作响的蒸汽机船上顽固而老练的船长，一向对这破例深恶痛绝。但今天他自己的孩子也参加修学旅行，他知道如果船过早地抵达鸟羽，孩子在上火车之前势必花钱消磨时间，因此从这一年开始才好说歹说接受了学校破例开船的建议。

神风号无论船舱还是甲板上，到处都是胸前成十字形挎着水壶和书包的学生。带队的老师在挤满码头的学生母亲们面前有些提心吊胆。在这歌岛村里，母亲们的意见左右老师的地位。

这是个春光明媚的下午。船一开动，母亲们便七嘴八舌地呼唤自家孩子的名字。下巴颏系着帽带的孩子们朝码头上喊叫着什么"傻瓜""喂——混蛋""混账东西"等等,一直喊到分辨不清面目为止。这艘载着黑色校服的渡轮,把帽徽和铜纽扣的金光带向远去。阿宏的母亲坐在白天也又暗又静的自家垫席上,想到不久两个儿子都将扔下自己出海,不由落下泪来。

神风号在珍珠岛旁边的鸟羽港靠了岸,刚刚卸下学生,恢复了往常悠然而粗俗的神态,正准备返回歌岛。蒸汽机古旧的烟囱上扣着一个水桶,船头里侧和码头上悬吊的大鱼篓在水面摇晃着阴影。用白漆大书"冰"字的灰色仓库临海而立。

塔长的女儿千代子,提着宽底旅行包,站在离开码头一点的地方。姑娘不喜与人交往,这次相隔好久回岛也不愿意岛上的人向自己搭话。

千代子脸上没有涂脂抹粉,加之一身茶褐色的朴素套装,更使得她不引人注目。肤色虽有些黑,但面目线条明快洒脱,在有的人眼里,或许不失魅力。可是千代子总是神情抑郁,固执地认为自己相貌不扬。这也是眼下在东京一所大学里学得的"教养"在其身上最明显的体现。其实,为这张世所常见的面孔而一味自惭形秽是大可不必的,就像不必为自己容貌姣好而过分沾沾自喜一样。

千代子这桩恼人的心事,也同她那为人好的父亲不自觉帮倒忙有关系。由于女儿为父亲的遗传使得自己如此相貌丑陋而过于郁郁寡欢,正直的塔长于是不顾女儿就在隔壁,对客人发牢骚道:

"也真是的,都怪我这当父亲的长得不争气,弄得正当大好年纪的女儿为自己的长相成天愁眉苦脸。我是感到愧疚,不过也是命运啊!"

有人拍自己的肩膀,千代子回过头。见是身穿皮夹克的川本安夫笑着站在那里。

"这就回家?放春假了?"

"嗯,昨天考完了试。"

"回家吸妈妈奶汁的吧?"

安夫前天来县政府为协会办事,住在亲戚开的旅馆里,现在正要乘这渡轮回岛。他为能在东京的女大学生前使用标准语而自鸣得意。

千代子从这老于世故的同龄青年的举止上，感觉出对方自信"这女子对我有意"那种男子汉的豪爽，愈发局促起来。也是由于在东京看的电影和小说的影响，她渴望看到——哪怕一次也好——男人那种"我也爱你"的眼神。但马上灰心丧气：那样的眼神她是一辈子也别想看到的。

神风号上响起粗憨的叫声：

"喂——又来棉絮啦，看呐！"

不一会，岸上一个带有卷云图案的巨大棉絮包，一半印着仓库的阴影，落在一个男子的肩上。

"到开船时间了！"安夫说。

从岸边往船上跳时，他把手伸给千代子。千代子感到这铁一样的手掌同东京男子的手很不相同。从安夫的手掌，千代子想到新治那从未握过的手。

从小天窗式的入口往里一看，由于眼睛一直接触外面的光亮，里面显得格外模糊不清，无论躺在幽暗船舱席上的男男女女，还是其脖子上缠的白毛巾。就连偶尔一闪的眼镜也失去了光度。

"还是甲板上好,反正一点也不冷。"

安夫和千代子避开风,靠着船桥里侧卷起的缆绳躬身坐下。

"喂喂,欠下屁股!"没好气的年轻船长助手说着,抽走两人身下的木板,盖住船舱的入口,自己坐在上面。

船长在船桥——油漆已翻卷剥落得露出大半木纹的船桥上按响汽笛。神风号拔锚起航。

两人任凭过时的发动机体震得浑身颤抖,眼望渐渐远去的鸟羽港。安夫本想向千代子透露昨晚偷偷买女人困觉的事,但转念作罢。在一般农村渔村,安夫懂得女人一事满可以自我炫耀一番。但在纯洁的歌岛,他还是觉得守口如瓶为好。小小年纪,便晓得应如何伪善。

一瞬间,千代子在心中打起赌来,但愿海鸥飞得比鸟羽站前的缆车还高。她情绪消沉,在东京没遇到任何冒险机会。因此每次回岛,她都盼望身边发生天翻地覆的大事。如果船远离鸟羽,飞得再低的海鸥也会轻而易举地超过小小的铁塔。然而铁塔依然高耸。千代子抬起手腕看着红皮带手表的秒针,暗暗想到:假如三十秒以内有海鸥超过铁塔,那么肯定有美事等我。五秒。一只追赶渡轮的海鸥,突然凌空而起,振翅超过铁塔。

为了使安夫不为自己的微笑感到莫名其妙,千代子开口道:

"岛上发生什么了?"

船沿着坂手岛左侧前进。安夫把吸得几乎烧到嘴唇的香烟踩灭在甲板上,回答说:

"没什么……呃——十天前发电机出了故障,村里点油灯来着。现在已经好了。"

"母亲信上写过。"

"是吗?若说其他新闻……"他面对到处闪耀着春日阳光的海面眯起眼睛,海上保安厅纯白色的鹎号快艇从十米远的地方向鸟羽港驶去,"对了,宫田照爷把女儿叫回来了。叫初江,漂亮得很哩。"

"噢。"

听得"漂亮"一词,千代子脸上顿时蒙上一层阴云——听起来仿佛在挖苦自己。

"照爷看中了我。我是次子,整个村子都在议论我要当初江的上门女婿。"

不久,神风号右边现出菅岛,左边闪出庞大的答志岛景致。驶出两岛相夹的海域时,汹涌的波涛——即使风和日丽——打得船舷吱呀作响。从这一带开始,老鹰不时在波间游泳,大洋中涌出岩峰林立的冲之濑。目睹此景,安夫锁起双眉,从歌岛往日唯一屈辱的见证背过脸去。古来使得小伙子们为之流血争夺的冲之濑捕鱼权,至今仍归答志岛所有。

千代子与安夫站起身,透过低矮的船桥,等待海湾出现岛影。歌岛总是从水平线鼓出暧昧而神秘的头盔形岛影。每当船向波涛倾斜,那头盔也失去平衡。

# 第八章

渔休日偏偏不肯来临。阿宏外出修学旅行的第二天，总算来了一场强迫人们休息的狂风暴雨。看来，岛上几株樱花树上刚刚绽开的花蕾，将因此荡然无存。

昨天，不合时令的湿风夹裹着船帆，奇异的晚霞遮满天空。海浪成垅，潮音四起，海蛆急切切地往高爬行。夹雨的强风半夜吹来，悲号和笛音般的声响，从海上从空中传来。

新治在被窝里倾听这声响，知道今天将停工休息。听动静，恐怕既不能修渔具和织网，又无法进行青年会布置的捕鼠作业。

心地善良的儿子，为了不吵醒仍在身旁熟睡的母亲，只管躺在被窝里静等窗外泛白。房屋剧烈地摇晃，窗扇嘶鸣不已。不知何处响起薄铁板倒地的刺耳声音,歌岛上的住户,不论深宅大院,还是新治家这样矮小的平房,就房子的结构来说,裸土房间的左边无不是厕所,右边则一律挨着厨房。暴风雨大发淫威之时,静静飘浮的只有厕所的气味——统治拂晓前家家户户的抑郁、阴冷,给人以冥想的唯一气味。

面对邻居仓房墙壁的窗户终于泛白,他抬头看着拍打房檐顺着窗玻璃一气流注的倾盆大雨。直到刚才他还在憎恶双双夺去劳动喜悦和收入的渔休日,现在则觉得是可喜可贺的节日。这节日并非由蓝天、国旗以及珠光宝气加以装饰,而是由暴雨惊涛和抹平树梢的狂风来助威壮势。

小伙子再也等不下去了,从被窝一跃而起,套上到处开洞的圆领黑毛衣,穿上裤子。稍顷,醒来的母亲看到若明若暗的窗前的男子身影,喊道:

"喂,谁呀?"

"我。"

"不要命了?今天这么糟的天气还出海?"

"海倒不出。"

"那就再睡会儿多好！瞧你，我还以为是生人呢！"

母亲睁眼醒来第一个印象是对的，儿子看上去的确像个生人。平时很少开口的新治现在或大声歌唱，或悬在门楣上模仿玩单杠的动作。

母亲怕损坏房子，吆喝他住手。他没头没脑地发牢骚说：

"外面刮台风，家里也刮台风！"

新治再三站起细看被烟气熏黑的柱子上的挂钟。他还不习惯于怀疑别人，对女方能否冒着暴风雨赴约这点丝毫没有疑虑。小伙子的心缺乏想象力，不安也罢，喜悦也罢，他都不懂得应如何通过想象力来使其变得丰富多彩或纷纭复杂，从而打发郁闷的时间。

实在等得忍无可忍之后，他披上橡胶雨衣去见大海。他觉得似乎只有大海才能同自己进行无言的对话。巨浪在防波堤上高高扬起，发出惊心动魄的怒吼，随即退下阵去。由于昨晚有过暴风雨报告，所有的船只都已被拉到较平日高些的地方。巨浪意外切近地逼上前来,而当其撤退之时,水面急剧倾斜,港口几乎见底。波浪四溅的飞沫,同雨珠一起迎面打在新治的脸上。热乎乎的脸上顺着鼻侧流淌的水的强烈咸味,使他记起初江嘴唇的滋味。

云团步履匆匆,天空忽明忽暗。其深处时而现出含有不透明光泽的云块,但转瞬即逝。新治只顾看天,没有注意海浪已经打湿了木屐带。他发现脚旁有一粒好看的桃色小贝壳。大概是海浪刚刚冲上来的。拿在手中一看,形状完好无缺,精致的薄边没有丝毫破损。他收藏起来,准备把它作为礼物。

吃罢午饭,他马上准备出门。母亲一边洗碗一边注视走进里边又出去的儿子。她没有询问去处,儿子的背影有一种不容许她询问的力量。她后悔没有生下一个能经常在家帮自己做家务的女儿。

男人们出海捕捞。乘机帆船去各种港口运货。而与这种广阔世界无缘的女人们,则在家烧饭、担水、捡海藻,夏天来时下水潜入深深的海底。在海女当中也算是老手的母亲,深知海底若明若暗的世界才是女人的世界。白天也昏昏然的家中,分娩昏昏然的痛苦,海底昏昏然的四周,由此构成一组相亲相爱的天地。

母亲想起前年夏天的一个场面:一位同样是寡妇,有个吃奶婴儿的体弱妇女,从海底捞完鲍鱼上岸烤火的时间里,突然栽倒死去。死时翻着白眼珠,紧紧咬着发青的嘴唇。尸体在夜晚漆黑的森林里火化之时,海女们悲怆至极,以致站立不住,蹲在地上哭泣。

当时传出一个奇特的说法,说死去的海女在海底看到了不该看见的可怕怪物,从而遭报应丧命。于是有人再不敢潜水。

新治的母亲则对此一笑置之,愈发潜入深海之中,得到了比任何人都丰富的收获。她决心不让任何未知数扰乱自己的心绪。

……她坦然对待这种回忆,以天生的开朗性格保持着引以为自豪的健康,现在与儿子同样为外面的暴风雨而感到欢欣鼓舞。她洗罢碗,在吱呀作响的窗前阴暗的光下,撩开裙子,出神地望着自己伸开的双腿。晒黑的大腿丰满结实,一道皱纹也没有,圆鼓鼓隆起的肌肉闪着近乎琥珀色的光。

——看这样子,再生三五个孩子也没问题。想到这里,她贞洁的心猛然掠过一阵惧怵,赶紧整理好装束朝丈夫的灵位躬身跪拜。

通往灯塔的坡路,雨水成溪,冲过小伙子的双脚奔流而下。松梢呼啸。长胶靴难以迈步。因为没有撑伞,雨水顺着分发头流进领口。但年轻人仍朝暴风雨扬起脸,继续向上攀登。他不是想同暴风雨决一雌雄,而是对大自然这种狂暴由衷感到难以言喻的亲切,似乎在确认其静静的幸福同静静的自然之间的关联。

从松林间向下望去,铺天盖地的雪浪在海面上踢打一般前进,连岬角尖端高耸的石岩都不时被巨浪吞没。

拐过女妖坡,塔长那座平房便闪入视野。房子窗扇紧闭,落着布幔,蜷缩在狂风暴雨之中。他登上通往灯塔的石级,关得严严的值班室今天没有灯塔员的身影。透过被四溅的雨珠打得作响的玻璃窗，可以看见面对窗口木然伫立的望远镜、被空隙来风吹散的纸张、烟斗、海上保安厅的大盖帽、航运公司那花花绿绿的新船挂历、柱子上的钟以及柱钉上不经意挂着的两枚大大的三角规……

到哨所时，小伙子的内衣已湿透。在这种僻静的场所，暴风雨更加不可一世。岛顶附近无遮无拦的天空，任凭风雨横扫一切。

这座三面窗口大开的废址，根本谈不上挡风，莫如说引风雨入室，任其发狂肆虐。从二楼窗口眺望，太平洋浩瀚的景观把视野局限在雨云之中；无处不在的滔天白浪，同周围阴沉沉的雨云融为一体，反而使人联想到无限的狂躁与辽阔。

新治走下外侧楼梯，看了看母亲曾堆过柴火的一楼。他发现这里正好避风。大概原先也是用来贮藏东西的，两三个极小的窗口只有一个坏了玻璃。上次来时那一大堆松叶，已被分别背走，只留下墙角的四五捆。

简直成了监狱,新治边嗅着霉味边想。一旦得以免受风吹雨淋,他突然觉得湿透的身体一阵发凉,打了个大大的喷嚏。

他脱下雨衣,摸了摸裤袋里的火柴。务必小心的船上生活,使得他出门时必带火柴。碰上火柴盒之前,手指先碰到今早在海滩捡的贝壳。他掏出对着窗户光细看,那桃色贝壳果然闪闪发光,犹如沾湿了晨露。年轻人心满意足,重新收好。

淋湿的火柴很难擦燃。他从一捆松散的柴禾中,拉出枯松叶和树枝堆在水泥地板上准备点火。湿乎乎的烟团终于闪出小小火舌。室内烟气弥漫。

火堆旁边,小伙子抱膝而坐。往下只消静等。

他等着,安安稳稳地等着。为了消磨时间,他把手指伸进布满黑毛衣的小洞,将其试着扩大。同时,小伙子感到自己渐渐升温的身体同室外风雨声浑然交融,其间荡漾着一种无可怀疑的忠贞带来的幸福氛围。天生缺乏的想象力并没有使他烦恼。等着等着,他头触膝盖睡了过去。

……睁眼醒来，发现眼前有一处毫不示弱的火焰。火焰对面站着一个不熟悉的朦胧身影。新治以为是在做梦。细看之下，确是一裸体少女躬身站着烘烤白色的衬衣。由于两手放低撑开衬衣，上半身暴露无遗。

　　证实并非梦境之后，新治略施小计，想装出熟睡的样子微微睁眼观赏。但初江的裸体太美了，他很难保持自己纹丝不动。

　　按海女的习惯，她很熟悉用火烤干淋湿的裸体。想必来到约定的场所时，正好有火，而男友则睡着。于是她像小孩子似的蓦然心生一计，打算利用男友打瞌睡的时间，把淋湿的衣服和肌体迅速烘干。也就是说，初江没有在男人面前赤身裸体的意识，只不过因这里正好有火，在火前脱光身子而已。

　　假如新治对女人有经验，那么在这暴风雨包围下的废址中，他必能一眼看出火堆对面站立的初江裸体是地地道道的处女身体。肌肤虽然绝对算不上白，但由于潮水的不断冲刷而显得珠滑玉润，丰满苗条。一对犹如羞赧得相互背过脸去的坚挺而小巧的乳房，在经得起长时间潜水的宽宽的胸脯上隆起两个玫瑰色的花蕾。新治害怕被对方察觉，细细眯缝眼睛偷看，因此只透过几乎蹿上水泥天花板的火光，看到模模糊糊的身影随着火苗摇曳不定。

小伙子突然眨了下眼睛。由于火光的夸大作用，眼睫毛的阴影一瞬间掠过脸颊。少女当即用尚未干透的白衬衣掩住胸部，叫道：

"别睁眼睛！"

忠实的小伙子紧紧合起双目。仔细想来，佯装睡觉的确不够地道，但睁眼醒来却不是任何人的过错。这条光明正大的理由使他鼓起勇气，再次猛然睁开黑漆漆的漂亮眼睛。

少女无计可施，也不再用衬衣遮遮掩掩。只是又一次发出清脆尖锐的声音：

"别睁眼睛！"

但小伙子再不闭目。他自生下来便看惯了渔村里女人的裸体，可是看自己心上人的裸体是第一次。令他不解的是，初江同自己之间竟仅仅由于赤裸这一点便产生了隔阂,以致难以如平时那样寒暄和亲热地接近。他以青年特有的坦诚站起身来。

小伙子与少女隔火相对而立。小伙子刚一往右转身,少女便向右逃开。因此火堆总是横在两人之间。

"干吗逃开?"

"害羞嘛!"

小伙子并没有说那就穿上衣服好了,他想尽可能多看一眼少女这副样子。于是陷入僵局。他孩子似的问道:

"怎么样才能不害羞呢?"

少女的回答实在天真烂漫,也令人吃惊:

"你也脱光!那样就不会害羞了。"

新治很是为难。略一踌躇,他开始默默无言地脱圆领毛衣。他担心少女趁机转身逃走,甚至毛衣从脸上挣脱的一瞬间也没敢放松警惕。三把两把脱掉外衣,远比穿衣服时英俊的小伙子便只穿一条裤头赤裸裸站在那里。新治的心对着初江怦怦直跳,而羞赧终于回到身上,则已是以下问答之后的事了。

"不再害羞了吧?"他追问似的急切切问道。

少女又找出一个意想不到的借口——她没有意识到这句话的可怕。

"哪里。"

"为什么?"

"你还算不上脱光。"

火光辉映下的小伙子身体羞得上下通红,话语堵在喉头处说不出来。他往前移步,脚趾已经踩进火堆。随即盯住随火光摇动身影的少女的白衬衣,勉强开口道:

"你敢脱那个,我也敢脱。"

这时,初江不由漾出微笑。至于这微笑意味着什么,无论新治还是初江都未意识到。少女把从胸前遮住下半身的白衬衣一把甩到身后。小伙子见状,俨然一座雕像巍然站立,一边凝视火光中少女闪闪生辉的眸子,一边解下裤头。

这当儿,一阵急剧的狂风杀到窗外。当然,这之前风雨也以同样的强度围着废址奔腾呼啸,但这一瞬间的狂风与前边的不同:它是太平洋在高高的窗下冷静而持续掀起的狂暴。

少女后退了两三步。没有门口。被烟熏黑的水泥墙碰在少女的背上。

"初江!"小伙子叫道。

"跳过火堆!跳火堆过来!"少女用急切而清晰的兴奋声音说。

赤裸的小伙子毫不犹豫。他往脚尖鼓了鼓劲,那被火光映红的身体旋即径直向火堆正中飞来。下一个瞬间,身体已经到了少女跟前。他的胸轻轻挨着乳房,激动地说:

"就这弹力,以前在红毛衣下想象的就是这弹力。"

两人抱在一起。少女首先绵软地倒了下去:

"松叶好痛!"

小伙子伸手拉过白衬衣,准备垫在少女的背下。少女拒不接受,她的两只手已不再搂抱新治。她蜷起膝,双手紧紧护着身体,如在草丛中捉住蟋蟀时的顽童。

初江说出的话很有道德意味:

"不行，不行……出嫁前的姑娘不能做那种事的。"

小伙子泄了气，软软地说：

"为什么不行？"

"不行！"少女闭起眼睛，用既像规劝又似责备的口气流畅地说道，"现在不行。我，已决定当你的新娘。在当新娘之前无论如何不行。"

对于道德，新治心里怀有无限的敬畏与虔诚。何况他不懂女人，因而此时他觉得自己仿佛接触到女人这一存在的道德核心。他并不强硬。

小伙子的胳膊把少女整个搂在怀里，两个互听裸胸内的跃动。长长的接吻，使得无法尽兴的小伙子有些痛苦。但转瞬之间，痛苦便化为幸福之感。渐渐变弱的火苗不时向上蹿。两人倾听着火的噼啪声、掠过高高窗口的风雨呼啸声，以及双方心脏的跳动声。新治感到，这永无休止的陶醉同室外浪潮震天的轰鸣、摇撼树梢的风吼，都在这充满激情的大自然中一同起伏一同翻腾。这种感情含有一种玉洁冰清的幸福。

小伙子移开身体,用男子汉沉静的声音说道:

"今天在海滩拾到一枚好看的贝壳,带来想送给你。"

"谢谢。快给我看!"

新治返回自己脱去的衣服那里,穿起衣服。与此同时,少女也这才安静地穿上衬衣,整理一下装束。这一切都进行得很自然。

小伙子把漂亮的贝壳递给已经穿好衣服的少女。

"啊,真漂亮!"

少女把贝壳表面对着火光欣赏起来。然后插进自己的头发,说:

"活像珊瑚,当头簪可好?"

新治坐在地上,靠住少女的肩。因已穿好衣服,两人顺利接了个吻。

归途中暴风雨也没有收敛。新治没有像以前那样因担心被灯塔里的人看见,而在去灯塔前分走两条路。他陪着初江,沿着多少好走些的路下到灯塔背后。两人迎着灯塔那边吹来的风,并肩走下石级。

千代子回到岛上父母身边后,从第二天开始便苦于无聊。新治没有来访。学习礼仪的聚会上,村里的姑娘们都来了。当她得知那张新面孔便是安夫说过的初江时,觉得初江富有乡间野味的脸庞比人们议论的还要漂亮。这是千代子一个不可思议的优点。多少有点自信的女子,往往对其他女子吹毛求疵,而千代子却比男人还要痛快地承认除自己以外的所有女人的所有优势。

由于无事可做,千代子开始学习英国文学史。对于维多利亚王朝的女诗人们的名字——诸如克里斯蒂娜·罗塞蒂、阿德莱德·安妮·普鲁克特、吉恩·英格娄、奥古斯塔·韦伯斯特、艾丽丝·梅内尔夫人,她可以在没读过其任何一部作品的情况下像念经一样倒背如流。死记硬背是千代子的拿手好戏,笔记本上甚至连老师打的喷嚏也记录下来。

母亲则在旁边拼命从女儿身上学习新知识。上大学固然是千代子本身的愿望,但同母亲热心的支持有很大关系,是母亲打消了父亲的犹豫。从灯塔到灯塔、从孤岛到孤岛的生活激起了母亲强烈的求知欲。她一直用这种求知欲来描绘女儿未来的生活,因此女儿内心的小小创伤并未引起母亲的注意。

暴风雨这天,由于从头一天夜里风便愈刮愈猛,塔长放心不下,彻夜守护,母女俩也一直伴到天亮。然后睡了个早觉,早饭和午饭放在一起来吃,这是很少有的。收拾好房间后,因受风雨围困,一家三口静悄悄待在家里。

千代子想念起东京来。即使在这暴风雨天气,汽车也照样往来,电梯也照样升降,电车照样拥挤。在那里,"自然"基本为人们征服,剩下的自然威力乃是敌人。然而在这座岛上,人们无不视自然为朋友,无不袒护自然。

学习得厌了,千代子把脸贴在玻璃窗上,观望把自己憋在房间里的狂风暴雨。其实风雨很单调,波涛的怒吼如醉汉的胡话一样令人心烦。不知为什么,千代子想起一个同学被其所爱的男友施以暴力的传闻。那个同学爱其恋人的温柔和文雅,并到处炫耀；而从那一夜之后，又爱上了同一恋人的暴力与情欲，只是再不向人鼓吹。

这当儿，千代子看见了新治同初江偎依着在风雨中走下石级的身影。

千代子自信面孔丑陋的看法一旦固定下来，结果是使这张面孔远比漂亮的面孔更能巧妙伪装感情，犹如一块可以随意造型的石膏。

她从窗口转过脸，母亲正在炉旁做针线，父亲默然吸着"新生"。室外风狂雨骤，室内一家团圆。谁也没有注意到千代子的不幸。

千代子重新坐在桌前打开英语书。语言毫无意味，唯铅字相连而已。其间一高一低往来盘旋的鸟的幻想使她的眼睛隐隐作痛。是海鸥。回岛途中在飞越鸟羽铁塔的海鸥身上卜的小小一卦，便应在这件事上，千代子想。

# 第九章

阿宏从旅行途中寄来了快信。因为平信很有可能在本人归岛之后才到达。这是一张绘有京都清水寺的明信片，上面盖有参观纪念的紫红色大印。母亲还没看，便动了肝火，埋怨说快信浪费，如今的小孩子真不知钱的来之不易。

明信片上，阿宏只字未提名胜古迹，写的全是第一次进电影院的情形：

到京都第一个晚上，老师允许自由活动，就马上同阿宗阿胜三人一起去了附近一家大电影院。非常漂亮，像宫殿一样。只是椅子太窄太硬，往上一坐，就像坐在横木上似的，直觉得屁股痛，心慌意乱。不一会，后面的人叫我们"坐下、坐下"。怪事，本来就坐着的呀！结果后面的人特意告诉说是折叠椅，放下后才能成为椅子。三人狼狈地搔着脑袋。

放下一坐，软腾腾的，跟天皇坐的椅子一样。真想让妈妈也坐一次这样的椅子。

母亲让新治念信，念到最后一句，母亲哭了起来。随后将明信片放在佛龛上，祈求佛主保佑外出旅行的阿宏在昨天的暴风雨中平安无事，明后天顺利归来，还让新治也一齐祈祷。稍顷，像突然想起似的发牢骚道：哥哥读书写字根本提不起来，还是当弟弟的脑袋瓜好使。所谓脑袋瓜好使，指的是能够让母亲哭得心里畅快。她又马上跑去阿宗家和阿胜家给人看明信片。之后同新治去澡堂时，在水雾中碰到邮电局长的太太，便裸膝着地，感谢对方把快信及时送到自己手里。

新治很快洗完，在门口等母亲从女澡堂入口出来。澡堂的房檐镶着彩漆剥落的木雕，水蒸气在檐下缭绕。晚风和煦，海面平滑如镜。

新治见隔着两三栋房子的地方有个男子背对这边站着。男子双手插进裤袋，用木屐在石板路上打着拍子。身上穿着皮夹克，在夜色中也能看到其背部的茶褐色。岛上没有几人有这种昂贵的皮夹克。不错,是安夫。

新治刚想打招呼,偏巧安夫回过头来。新治浮起笑容,安夫却板起面孔定定注视一会儿,转身扬长而去。

新治对朋友这种令人不快的做法没有怎么介意,只是觉得蹊跷。此时,母亲从澡堂出来,小伙子便像往常一样,默默跟着母亲往自己家走去。

安夫昨天从雨后初晴的海面上捕鱼回来时,千代子登门来访。千代子说她同母亲一起来买东西,顺路来看看。母亲到附近会长家去了,只好一个人来。

安夫从千代子口里听得的消息,把这轻薄的年轻人的自尊心撕得粉碎。他想了一个晚上。翌日晚新治认出他时,他正查看村中路旁一栋房子上贴的轮班表。

原来,歌岛上缺水。旧历正月缺得最为严重,村民常因此发生口角。沿着由上而下穿过村中央的一条石子小路,有一道细细的小溪。小溪源头便是村中唯一的水源。梅雨时节或大雨过后,小溪变成浑浊的急流,妇女们在溪旁吵吵嚷嚷地洗衣服,孩子们可以为自己制作的木军舰举行下水仪式。而到干旱季节,小溪便如游丝一样断断续续,连浮起小小芥末的气力都丧失殆尽。源头是一眼泉。岛顶落的雨水经过滤后汇聚泉中。此外再无水源。

这样,不知从何时开始,村公所定出轮班挑水的顺序,每周按班次挑水。挑水是妇女的活计。灯塔可以将雨水过滤后存在水槽里,而整个村子则只能靠这泉水。有的人家轮班轮到深夜,也只能忍受这种不便。当然,夜班过去几周后,又会转到早晨方便的时间。

安夫抬头看的便是挂在村中人来往最多之处的轮班表。上面深夜两点的地方,正好写着宫田,这是初江的挑水班。

安夫咂了下舌头。如果仍是捕章鱼时节就好了,那样早上出海多少迟些,而在眼下这样的乌贼汛期,必须在天亮前赶到伊良湖水道渔场。家家户户都是三点钟起来做饭，性急的人家不到三点就升起了炊烟。

如此看来，初江的水班没有赶在三点还算是谢天谢地。安夫对自己发誓，一定在明天出海前将初江搞到手。

他正看着轮班表如此下定决心时，发现了站在男澡堂门口的新治。不由怒火中烧，连平日的威严也忘得一干二净。安夫匆匆赶回家，斜眼看了下客厅，父亲和长兄正一边听着震得满屋子响的收音机中的浪花小调，一边举杯对饮。他登上二楼自己房间，气急败坏地吸起烟来。

按照安夫的常识，事情是这样的：玷污初江的新治肯定不是童贞。这个家伙，在青年会里老老实实地抱膝而坐，笑眯眯地倾听别人意见，装出一副孩子般天真的脸，不料竟懂得女人！小坏蛋！而且安夫怎么也想不到新治的脸居然表里不一。其结果——这种想象委实令人无法忍受——新治以无与伦比的直截了当将女人堂堂正正地据为己有！

这天晚上，安夫在被窝里捏着自己的腿，以免一睡不醒。其实大可不必。对新治的怨恨和对其抢先下手的嫉妒，足以使他无法安眠。

安夫有一块可以向任何人炫耀的夜光表。今晚他没有把它摘掉，夹克和裤子也没脱就悄悄躺下身去。他时而把表贴在耳朵上，时而觑一眼发着荧光的数字。安夫觉得，光凭这块手表，自己便不愁得不到女人的青睐。

半夜一点二十分，他溜出家门。因是夜晚，浪涛声听起来很大。月亮甚是明亮。村落阒无声息。外面的灯只有四个：码头一个，中间坡路两个，山腰泉眼处一个。除渡轮外全是渔船，没有点缀渔港之夜的桅灯，家家户户的灯光也尽皆消失。黑乎乎厚墩墩的一排排房顶往往使得乡间夜色看上去分外滞重，而这座渔村的房顶则用瓦片和白铁皮铺成，因此没有夜下茅屋顶那般吓人的厚重。

安夫脚穿无声的运动鞋，迅速登上石子坡路，穿过四面围着绽开一半花蕾的樱花树的小学校园。这里最近扩建了运动场，樱花树也是从山上移植来的。一株小树被狂风吹倒,月光下显得黑乎乎的树干躺在沙场旁边。

安夫沿着小溪旁的石级,登到可以听见泉水声的位置。灯光勾勒出泉水的轮廓。一股清水从生满青苔的岩石间流下,落进下面的水槽,又从槽边光滑的青苔四下溢出。那样子看起来不像在流动,而恰如在水槽边缘厚厚涂上了一层透明好看的釉。

环绕泉水的树林深处,响起猫头鹰的叫声。

安夫在灯光后面埋伏起来,一只小鸟振翅飞起。他靠在粗大的榆树干上,盯着手腕的夜光表,等待初江的到来。

二点稍过,初江肩挑两只水桶在小学校园里出现了。月光将其身影衬托得很是清晰。深夜里的劳作对于女子来说原本并不轻松,但在歌岛,不论贫富,男女必须完成自己分内的活计。经过潜水作业锻炼的身材矫健的初江,一副全然不以为苦的样子,前后摇晃着空水桶沿石级登来。她像孩子似的喜气洋洋,似乎对这种时间上并不合适的劳动反倒兴致盎然。

安夫本想一待初江从泉边放下水桶便扑上前去，但略一踌躇，还是克制自己，决定等对方汲完水再说。他严阵以待，左手扶着高高的树枝，身体岿然不动，自以为如石像一般庄严。他快活得浮想联翩，从少女那哗哗啦啦地把水汲在桶里的冻得有些红肿的壮实的手，一直想到其健美水灵的腰肢。

安夫搭在树枝的手腕上，其引以为自豪的夜光表发着荧光，微弱然而明晰地嘀嗒嘀嗒作响。大概是这声响惊醒了在基本垒好的蜂窝中安眠的野蜂，大大引起了它们的好奇心。有一只战战兢兢地飞到手表上。这只闪着微光发出有条不紊声响的奇异的硬壳虫，身披冷冰冰、滑溜溜的玻璃盔甲，使得野蜂大为意外。于是把针尖移至安夫的手腕，拼出浑身力气猛地扎将下去。

随着安夫一声怪叫，初江惊讶地回过头。初江绝没有惊慌失措。她迅速抖落扁担上的绳子，斜握在手，作好应变准备。

安夫以自己都觉得有失体面的姿势出现在初江面前。少女保持原来的身姿后退了一两步。安夫暗

想,这种时候还是开玩笑蒙混过关为好,便傻子似的笑了笑,开口道:

"嘿,吓一跳吧?以为是什么妖怪对不?"

"怎么搞的,原来是安兄。"

"想吓你一吓,就躲了起来。"

"黑天瞎火的,干吗躲在这种地方?"

少女还不大知道自己身上的魅力。仔细一想,安夫恐怕真的是仅仅为吓唬自己才埋伏在这里的。而安夫趁她思考之间,一把夺去扁担,抓住她的右腕。夹克衫嘎嘎作响。

安夫终于恢复威严,逼视初江的眼睛。他本来编造好了甜言蜜语,准备落落大方地施展一番,不料说出口的竟是对自己想象中的新治在这种情况下所表现出来的大气凛然的效仿。

"知道吗,你得老实听话,不然可不饶你。你和新治的事,闹得满城风雨,这回还不依我?"

初江脸上一阵发热,气喘吁吁地说:

"放手!和新治又怎么了?"

"别装糊涂!和他偷情来着!把我甩在一边!"

"胡说，什么事也没有的！"

"我什么都知道。下大雨那天你和新治上山干什么去了？……喏，看你脸都红了！……喂，跟我也干那种事，嗯？嗯？"

"不行！不行！"

初江急欲挣脱逃走，安夫紧抓不放。如果事前逃脱，初江想必向父亲告状；而若木已成舟，则不至于向任何人提起。安夫非常喜欢看城市流行杂志上"被征服"女人的告白。一定要给她以难以启齿的苦恼自己才心里痛快。

安夫好不容易把初江按倒在泉旁。一只水桶倒了，弄湿青苔覆盖的地面。初江被野外灯光照射的脸上，小小鼻翼一张一翕，睁开的眼睛的白色部分闪闪逼人。头发有一半浸在水里。嘴唇突然往上一抬，安夫的下颌被吐上了唾液。这举动愈发激起安夫的情欲。他觉得初江的胸部正在自己胸下剧烈地起伏，把脸紧紧贴住少女的脸颊。

忽然，他惊叫着一跃而起——野蜂又一口蛰在脖颈上。

他恼羞成怒，一蹦一跳地朝野蜂抓去。初江趁机往石级那边逃去。

安夫大为狼狈。手忙脚乱地追杀了一阵野蜂，再次一把将初江俘虏过来。但仓促之间，他已搞不清自己做了什么动作及其先后顺序。总之是抓住了初江。当再次把少女丰满的身体压倒在青苔上时，狡猾的野蜂这回落在他屁股上，透过裤子一针深深扎进肉去。

安夫跳起身，已经逃出经验的初江这次往泉后跑去。她钻过树丛，边跑边从羊齿叶下面抓起一块不小的石头。把石头举在手上后，才好歹透过气，向下望着泉旁。

老实说，初江刚才并不晓得是哪路神明搭救自己。而现在讶然观看安夫在泉旁狂蹦乱跳的时间里，才恍然大悟：原来一切靠乖觉的野蜂相助。安夫在空中乱抓的指尖之上，野蜂拍动着小小的金色翅膀在灯光下往来飞舞。

看样子安夫总算赶走野蜂，怔怔地站着擦汗。然后四下寻找初江，但踪影全无。无奈，他把双手围成喇叭状，畏畏缩缩地低声喊初江的名字。

初江用脚尖故意碰出窸窸窣窣的声响。

"喂，别在那儿了，下来好吗？再不做什么了。"

"不行！"

"叫你下来你就下来嘛！"

见他想要上来，初江把石头抛出。安夫一阵心虚胆怯。

"干什么呢？多危险！……你干吗不下来呀？"少女直接逃走倒无所谓，安夫害怕的是找自己父亲告状，"……喂，你怎么还不下来？要找我爹告状是吧？"

没有回音。

"我说，可别告诉我爹。怎么样你才能不告诉啊？"

"要是你替我把水担回去的话……"

"真的？"

"真的。"

"照爷挺怕人的。"

之后，安夫像要被迫履行某种义务似的，再不言语，倒也十分好笑。他把倒地的水桶扶起，重新打满水，将扁担穿进桶绳，挑在肩上走起来。

过了一会，安夫回头看去，见初江不知什么时候跟来，在后头五六尺远的地方走着。少女没有一丝笑容。安夫止步，她也止步，安夫走下石级，她也随即起步。

村里仍一片沉寂，所有的房顶沐浴在月华之中。但在两人一步步向村落迈进的石级下面，已开始传来频繁的鸡鸣，预告黎明即将到来。

# 第十章

新治的弟弟阿宏回岛来了。母亲们站在码头上迎接儿子。细雨如烟,海湾迷濛,直到距码头一百米的时候,渡轮才从烟雨中闪出。

船靠岸后,中学生们同各自的母亲见面也只是点头微笑一下,而继续在海滩与同伴们嬉闹不止。他们不愿意让同伴看见自己向母亲撒娇的场面。

阿宏回到家里仍兴奋不已,坐立不安。说话也只字不提看过的名胜古迹,一味大谈什么半夜里在旅馆给胆小的同伴叫醒,陪其一起出去小便,以致第二天早上困得要死等等。

其实,阿宏是带着某种强烈印象回来的,但他不晓得如何表达。每当力图记起什么,记起的总是一年前在学校走廊里抹蜡,把一位女老师滑倒取笑的事。至于不觉之间光闪闪来到自己身边旋即擦肩而过的电车、汽车、高楼大厦以及霓虹灯等令人瞠目结舌的图像,却不知去了哪里。家中光景一如自己出发之前,无非是茶具箱、挂钟、佛龛、矮桌、镜台,还有母亲。此外就是炉灶和脏乎乎的垫席。对这些即使不说话也能沟通。然而这一切——甚至包括母亲——全都要他讲旅途见闻。

等到哥哥出海回来时,阿宏终于安稳下来。晚饭后,他在母亲和哥哥面前打开笔记本,大致讲了一遍旅行的过程。于是全都听得心满意足,再不追问。一切都恢复了老样子,不说话也能沟通,茶具箱也罢,挂钟也罢,母亲也罢,哥哥也罢,烟熏火燎的炉灶也罢,海潮的喧嚣也罢……阿宏在这一切的包围中静静睡去。

春假眼看就要结束,阿宏抓紧时间贪黑起早尽兴游玩。岛上游玩场所很多。在京都大阪第一次看了听说已久的西部片以后,阿宏他们中间开始流行模仿西部片的游戏。每当隔海看见志摩半岛元浦一带升起火的烟,便不由想起印第安要塞燃起的狼烟。

歌岛的老鹰属于候鸟，一到这个季节就渐渐消失远去，黄莺则开始鸣啭。往中学去有一道陡坡，冬季直接暴露在冷风面前，人若站在那里便会冻红鼻子，因此被称为红鼻子坡。实际上，纵使冷风再气势汹汹，也断不至于冻红鼻子。

岛南端的辨天岬是他们演西部片的舞台。岬西侧的海岸，清一色是石灰岩，沿其前行，即可来到作为歌岛最为神秘的场所之一的岩洞口。洞口不大，宽一米半，高七八十厘米。从这里往里去，弯弯曲曲的路越走越宽，最宽处上下有三层。到这里之前一团漆黑，独有此处隐约透出神奇的光亮。洞穴见不到的深处同海岬相连，潮水从东岸时而涌满深深的竖坑时而退去。

顽童们一只手拿着蜡烛走进洞内。

"小心，危险！"

他们一边相互提醒，一边在黑暗的洞穴中爬着看同伴的脸。在蜡烛火苗的辉映下，一张张脸显出几分严峻。但又相互为对方的脸上未能生出乱糟糟的胡须感到遗憾。

他们是三个人——阿宏、阿宗和阿胜，正前往洞穴深处寻找印第安人的财宝。

来到最宽处时，他们总算站起身，打头的阿宗脑袋正好碰在织得厚厚的蜘蛛网上。

"怎么搞的，满脑袋都是饰物，你来当酋长好了！"阿宏阿胜起哄道。

他们把三支蜡烛立在不知古时何人刻在壁上的梵字下面。

从东岸落入竖坑的潮水，猛烈地拍击着岩石，声音惊心动魄，在外面听到的无法与之相比。沸腾的水声在石灰岩洞的四壁发出回响，数重轰鸣搅和在一起，仿佛整个岩洞都在咆哮，都在摇撼。他们想起一个传说：旧历六月十六日至十八日之间，有七条雪白的鲨鱼不知从何处来到竖坑之中。于是不寒而栗。

少年们的游戏，职务往往自由更换，敌我两方也随便易位。脑袋沾上蜘蛛网的阿宗被封为酋长之后，其余两人便由原先的边防战士，摇身变为印第安人侍从，随即就骇人听闻的波涛回响请教酋长的高见。

阿宗也心领神会，威风凛凛地端坐在蜡烛光下的岩石上。

"酋长殿下，那可怕的声音是何声音？"阿宏以庄重的语调问道。

"那个，那是神在发怒。"

"如何才能使神息怒呢？"阿宏问。

"这个嘛，献上供祈祷，如此而已。"

大家把不知是从母亲手里拿来的还是悄悄偷来的煎饼、馒头，用报纸垫着，恭敬地放在竖坑边上的岩石上面。

酋长阿宗从两人中间蹑手蹑脚走到祭坛跟前，跪倒在石灰岩地上，高高举起两臂，即席念一种奇妙的咒语，上半身时起时伏地祷告起来。阿宏和阿胜也在其身后如法炮制。冰冷的石板隔一层裤子挨在膝头。如此操作时间里，阿宏觉得自己也成了电影中的一个角色。

好在神似乎已经息怒，波浪的轰鸣也多少安静下来。于是大家坐成一圈，吃着神赐的煎饼和馒头，竟比平时好吃十倍。

正吃着,较之刚才有过之而无不及的涛声骤然响起,竖坑中雪浪四溅。在朦胧的光线中看去,溅起的浪花一瞬间如白色的幻影。海水震撼着岩洞,势不可挡,仿佛要把洞内坐成一圈的三个印第安人也卷入海底。阿宏阿宗阿胜毕竟壮着胆子,但当一股不知何处吹来的风把岩壁梵字下面忽闪的三支蜡烛吹得惊慌失措以致有一支熄掉之时,其恐怖程度委实无法形容。

尽管如此,平时便经常较量哪个胆大的三人,很快便听任少年快活的本能将恐怖感变成了儿戏。阿宏和阿胜模仿胆小如鼠的两个印第安人侍从吓得浑身瑟瑟发抖的样子。

"啊,可怕啊可怕。酋长殿下,神的火气越来越大,他何以发这么大火气啊?"

阿宗在石头宝座上正襟危坐,拿出酋长的架势,故弄玄虚地抖着身体。被追问之下,他无意中想起岛上这两三天悄悄议论的一件事,便灵机一动,清了清嗓子说道:

"由于不仁不义不公不正啊!"

"什么叫不仁不义?"阿宏问。

"阿宏,你还不知道吗?你哥哥新治同宫田的女儿初江交合了呀!因此惹怒了神明。"

话头转到哥哥身上,阿宏觉得此事定不光彩,怒气冲冲地朝酋长喝道:

"哥哥和初姐怎么了?交合是怎么回事?"

"不知道?交合就是男的和女的一起困觉嘛!"

其实阿宗也只知道这么多。但阿宏已听出这种说法显然带有侮辱味道,不由大怒,朝阿宗飞扑过去,抓住对方的肩打了一个嘴巴。但战事很快便告结束:阿宗被推到岩壁上时,剩下的两支蜡烛也倒在地上灭了。

洞中一点微光仅能使他们勉强相互分辨出面孔。阿宏和阿宗喘着粗气对峙着。两个慢慢明白,若在这里扭打下去,弄不好会招来非同小可的危险。

"还不住手?多危险!"阿胜把两个劝开。

于是三个擦亮火柴,找到蜡烛点燃,再不多说话,爬出岩洞。

他们在洞外明晃晃的阳光下,爬上岬角。等来到岬背时,早已忘了刚才吵架的事,一如平时谈笑风生,边唱边沿着岬背上的羊肠小道前行。

……古里海滩沿矶行走,

辨天八丈双羽滩头……

这古里海滩的岬角西侧,有一道岛上最为美妙动人的海岸线。海滩中央耸立着人称八丈岛的巨石,有一幢二层楼般高,顶上有一片卧藤松。现在,松旁有四五个淘气鬼一边挥手一边叫着什么。

三人也挥手作答。他们脚下的小径旁长满松树,树间柔软的草丛里,盛开着一簇簇红色的紫云英。

"噢,拖网船!"阿胜指着岬角东侧的海面说道。

那里,双羽滩拥抱着美丽的小海湾,湾口附近有三只拖网船抛锚待潮。拖网船是一种航行时把网拖在水里的渔船。

阿宏也"噢"了一声,和同伴一起朝浮光耀金的海面眯起眼睛。但刚才阿宗的话仍重重地压在心头,而且觉得越来越重。

快吃晚饭时，阿宏饥肠辘辘地回到家里。哥哥还没回来，母亲一个人往灶口塞柴火，树枝的噼啪声夹杂着灶内风声一样的火声。诱人的香味只有在这个时候才能抵消厕所的味道。

"嗯，妈！"阿宏呈大字形躺在垫席上。

"什么？"

"有人说哥哥同初姐交合了，是怎么回事呀？"

母亲悄然离开锅灶，拘谨地坐在躺着的阿宏身旁，眼睛放着异样的光，加上零乱的鬓发，看起来有点怕人。

"阿宏，这话从哪里听来的？谁这么说？"

"阿宗。"

"这话不许再说第二次，可不得了！跟哥哥也别说。说了明天就不让你吃饭，记住了吗？"

母亲对年轻人的风流韵事一向宽容。在海女潜海时节，她也不喜欢围着篝火说长道短。但若这方面的是是非非转到了自家儿子头上，作为母亲则有尽自己义务的必要。

这天晚上,等阿宏入睡后,母亲把嘴巴贴在新治耳边,低微然而强硬地问道:

"有人在说你和初江的坏话,你知道吗?"

新治摇摇头,满脸通红。母亲有些困惑,毫不含糊地单刀直入:

"一起睡了?"

新治又摇头。

"那么说,是没有做见不得人的事,真的?"

"真的。"

"那好,那我就没什么说的了。当心,世上人多嘴杂。"

然而事态并未朝好的方向发展。翌日晚,母亲前去参加妇女唯一的组织——庚申夫人之会的聚会,一进门,大家马上现出不理不睬的样子,谈话戛然而止。原来她们正在飞短流长。

同一时间,前去出席青年会聚会的新治若无其事地开门进去之后,正在明晃晃的电灯泡下围着桌子谈得眉飞色舞的同伴们见是新治,顿时陷入沉默。只有海潮声回荡在这煞风景的房子里，仿佛空无一人。新治如往常那样背靠墙壁，抱膝坐下，默不作声。于是大家又恢复常态，七嘴八舌地转向别的话题。今天意外提前赶来的支部长安夫，从桌子对面朝新治爽快地点了下头，毫不生疑的新治也报以微笑。

一天，在太平号上吃午饭的时候，龙二憋不住似的开口道：

"新哥，你可别生气。安兄把你说得一无是处……"

"是吗！"新治富有男子汉气度地淡然一笑。

船在春天平滑的波浪上摇来荡去。向来沉默寡言的十吉这回竟罕见地插进话来：

"知道，知道，安夫还不是嫉妒！那个小家伙，仗着他老子，成天色眯眯的，不是个好东西。新治怕也迷上女人了吧？所以才惹得他吃醋。新治，别在意，有什么麻烦事，我来帮你就是。"

安夫制造的流言，如旋风一般刮遍整个村子，街头巷尾无不谈得绘声绘色。但一直未传到初江父亲耳里。一天傍晚，澡堂里发生了一件足以使全村人一年都谈论不完的事件。

村里无论贫富，各家都没有洗澡设备，宫田照吉也要到澡堂里去。这天，他趾高气扬地用头猛地撩开门帘，撕扯一般脱去衬衣往衣篓一甩，结果连同裤带落在了篓外。他连连大声咋着舌头，用脚趾夹起放回衣篓。周围众人见而生畏。对于照吉来说，毕竟是他借此向大家显示人老力不衰的少数机会之一。

不过这老人的裸体的确非同一般。古铜色的四肢没有明显的皱纹，目光炯炯有神。倔强的额头上，雄狮毛般的白发冲天而立，同喝酒喝红的胸膛恰成鲜明威武的对比。隆起的肌肉由于长久闲置而变为一道道硬挺的波纹，愈发使人觉得其凛然不可冒犯。

可以说，照吉是歌岛上勤劳、坚毅、雄心与力量的化身。他精力充沛但不无粗野，性格耿介傲慢，不适合担任村中公职，但这点反倒使村中头面人物对他高看一眼。其望天判断风雨时惊人的准确，在捕鱼和航海方面无比丰富的经验,对于村落历史与传统了如指掌的自负,虽然往往因其不能容人的顽固、滑稽的自大表现和年老也动辄吵架的脾性而受到影响,但只要他还活着,人们就不会对他凡事趾高气扬的举止大惊小怪。

他拉开浴室的玻璃门。

里边相当拥挤,热气腾腾,人的轮廓模模糊糊。水声、笑声和响亮的木桶相撞声在天花板下汇成一片,劳作一天后的解放感和盈盈热水一同四溢。

照吉进水前绝不先往身上撩水。他从浴室门口雄赳赳踏步走来,径直把腿插进浴池。水再热也满不在乎。对于心脏和脑血管等等,他丝毫没有兴致,如同对香水和领带不感兴趣一样。

浴室中先来的客人,即使脸被溅上水珠,见是照吉也都只好乖乖以目致礼。照吉一直让水浸到桀骜不驯的下颚。

在靠近浴池的地方冲洗身体的两个年轻渔民,没有注意到照吉已来,依然肆无忌惮地高声议论照吉:

——"宫田照爷也真是老糊涂了，女儿被人搞了还蒙在鼓里。"

　　——"久保家的新治还真有两手，本以为还是小毛孩子，居然晓得在女人身上讨便宜了！"

　　浴池里先来的客人把视线从照吉脸上移开，一副噤若寒蝉的样子。照吉在热水里泡得通红，但还是不动声色地跳上岸，一手提起一个水桶，在水槽里打满水，走到两个年轻人身边，冷不防把冷水往两人头上泼去，并飞脚踢其脊背。

　　眼睛几乎被皂沫封住的年轻人刚想当即回击，但一看对方是照吉，立时蔫了下来。老人抓住两人涂满肥皂泡的滑溜溜的脖颈，拽到浴池跟前，随即憋足力气把两人的头按进热水里。老人粗大的手指紧紧抓住脖子，像漂洗东西一样把两个头在水里来回摇荡，还使之相互碰撞。最后，斜觑一眼目瞪口呆的浴客，也不再洗，大步流星地走出浴室。

# 第十一章

第二天,太平号开午饭时,船老大十吉从烟盒里捻出叠得很小的纸条,笑眯眯地朝新治递去,新治刚要接,十吉道:

"好吗,你要跟我讲定,看过这东西可不能耽误做活!"

"我不是那号人!"新治斩钉截铁。

"那好,一言为定……今早走过照爷家门前的时候,初江轻手轻脚走到跟前,一言不发地往我手心使劲塞了这个纸条,又马上折身回去。我想我这把年纪竟然还会得到情书,喜滋滋地打开一看,原来写的是'新治君'。我一阵懊丧,差点儿撕碎扔到海里。后来觉得可怜,就带来了。"

新治接过纸条,船老大和龙二都笑了。

新治用关节分明的粗大手指,小心翼翼地打开叠得小小的一张薄纸,生怕弄坏。纸的边角有附子粉落到手心。信纸一开始是用钢笔写的,写了两三行大概墨水没了,便用淡色铅笔继续写。字很稚拙,内容是这样的:

……爸爸昨晚在澡堂听到有关我俩的坏话,大发脾气,叫我绝对不能再和你见面。爸爸就是那样的人,无论我怎么申辩都无济于事。就是说,晚上捕鱼回来后到第二天早晨出海前,我绝对不能跨出家门半步。挑水班也由隔壁阿姨代替。我一点办法也没有,伤心得不行。父亲还说渔休日他要一天到晚守在我身旁,让我无机可乘。怎么样才能见到你呢?请想个办法吧。写信也不行,邮局里全是认识我的老伯,很害怕。所以,我每天写好信后夹在厨房前面的水缸盖下。你的回信也请夹在那里。你自己来取有危险,请委托可以信赖的朋友。我回岛时间不长,真的还没有信得过的好友。新治君,你一定要坚强地活下去。我每天都在母亲和哥哥的灵位面前祈祷你平安无事。神明肯定理解我这片心意的。

新治看信过程中,自己同初江关系受阻造成的悲哀和少女吐露真情带来的欢欣,犹如阴影与日光一样交替出现在脸上。信刚读罢,便被十吉一把夺过,仿佛他作为信使理所当然拥有这种权利。为了让龙二听见,十吉朗读起来,而且加进带有其自身风味的浪花小调——这调他平时一人读报时经常使用,并无任何恶意。这点新治虽说心里明白,但还是禁不住为自己心爱之人真诚的来信沦为笑料感到难过。

然而十吉也为信的内容所打动,朗读当中好几次喟然叹息,或加入感叹词。最后,他用指挥捕捞时那种正午在四百米开外的寂静海面都能清楚听到的音量发表感想:

"女子也真够有心计的!"

由于十吉死缠活磨,新治便在这并无他人听见的舟中,向两位可以信赖的人一点点如实相告。他不善言辞,或说得前后颠倒,或漏掉要紧之处。费了好半天才大致叙述完毕。说到最关键地方——暴风雨那天两人赤身裸体抱在一起却未成就美事之时,平日轻易不笑的十吉也大笑不止。

"要是我就干，我肯定不放过！实在太可惜了。不过你还不晓得女人，怕也只能如此。女方也真够有主意，让你不好下手。不管怎样，还是你发傻。也罢，日后讨过来，一天出入十次也就捞回来了。"

比新治小一岁的龙二，以似懂非懂的神情在一旁听着。新治也不具有城市青年那种脆弱的神经。年长之人的哄笑绝不至于刺伤他，莫如说是一种慰藉和体贴。推动渔船前进的徐缓的波浪使他的心渐趋沉静。及至一切说完而坦然自若之后，这劳作的地方便成了无比宝贵的心灵憩息之所。

龙二从家里到港口的路线正好经过照吉家门，便主动承担了每天早上去水缸取信的任务。

"从明天开始你就是邮电局长啰！"很少开玩笑的十吉说道。

日复一日的来信成了三人午休时必说的话题。其内容引起的悲伤和愤慨，便由三人共同分担。尤其第二封信最令人愤愤不平。那上面详细说了安夫深夜在泉边偷袭初江的经过；说了初江迫于其威胁而守约默不作声,但安夫为泄私愤依然无中生有地满村子散布流言蜚语;说了照吉禁止初江同新治会面时初江如实申辩并顺便道出了安夫的暴行,然而父亲却无意对安夫采取任何处理措施;说了安夫一家一如既往地亲热地出入家门而初江一看到安夫就深感作呕等等。最后加上一句:自己绝不给安夫以可乘之机,请新治放心。

龙二当即为新治打抱不平,新治脸上也掠过少有的愤怒。

"都是因为我穷啊!"新治说。

他从未说过这种类似牢骚的话语。较之贫穷本身,他更为口出牢骚的自身的儒弱而羞愧难当,几乎落下泪来。但小伙子绷紧面孔,尽量控制这始料未及的泪水,避免现出狼狈的哭相。

十吉这次没笑。

他以吸烟为乐,而且有个奇妙的习惯:每天交替吸烟斗和卷烟。今天轮到吸卷烟。吸烟斗时常常用黄铜烟斗叩击船舷,船舷的一个地方因而凹陷下去。爱惜船的他于是隔天吸一次烟斗,转天则把"新生"插在自己制作的黑珊瑚烟嘴上。

十吉把目光从两个青年人身上移开，叼着黑珊瑚烟嘴，目视云蒸霞蔚的伊势海。知多半岛尖端的师崎在云霞中若隐若现。

大山十吉的脸如一张皮革，连皱纹深处都晒得一样黑，放着皮革的光泽，目光敏锐，炯炯有神，他已失去青春时代的澄澈，而沉淀一种皮肤般冷峻的浑浊，任何强烈的光线都不在话下。

渔夫不凡的经历和年龄告诉他，此事只能静待时机。

"你俩想的什么，我一清二楚。是想狠狠收拾安夫一顿吧？可那一点用也不顶，傻瓜才那样做。新治想必心里难受，关键是忍耐。钓鱼要有耐性才行。情况很快就会变好。好人即使不吭声也必胜无疑。照爷不是傻子，不至于分不清好人坏人。安夫不用管他，好人终究是强者！"


村里的传言是同每天运送的粮食和邮件一起传到灯塔的，顶多迟一天时间。照吉严禁初江同新治相见的消息使得千代子心里一团漆黑，充满了犯罪感。新治不至于知道这无稽之谈的根源在千代子身上，至少她这样认为。但她怎么也不敢正视前来送鱼时新治那副全然无精打采的样子。同时，千代子突如其来的郁郁寡欢，也弄得心地善良的双亲惶惶不安。

春假倏忽过去，千代子马上就要返回东京住宿了。她无论如何也无法如实声明流言出于自己之口，但又为就这样一走了之而感到过意不去，除非得到新治的宽恕。她想在不道出自己罪过的情况下，取得新治——除此事外不可能对自己恼火的新治的宽恕。

于是，千代子回京前一天的晚上寄宿在邮电局长家里，没等天亮便单独走上人们忙于准备出海的海滩。

大家在星光下手脚忙个不停。他们把船垫在"算盘"上，大喊大叫地朝水边慢慢推去。唯有男人头上缠的白毛巾显得格外分明。

千代子的木屐左一脚右一脚陷进冷冷的沙子

里，沙子又从脚指甲刷刷滑落下来。大家都忙得顾不上搭理她。想到每天每日这种单调而强有力的劳作漩涡居然将这些人紧紧地吸引住，使得其身心深处燃起激情，而没有一个人像自己这样拘泥于感情问题，千代子不由有些羞愧。

但千代子的眼睛还是拼命透过黎明前的黑暗，寻觅新治的身影。男人们全是一副打扮，很难从脸面上分辨彼此。

一只船好歹离岸，解脱似的在水上浮起。

千代子情不自禁地走上前，招呼头缠白毛巾的小伙子名字。刚要上船的小伙子回过头，笑脸上亮晶晶的一排白牙，使千代子清楚地认出是新治。

"我今天回去，想跟你说声再见。"

"是吗……"新治一阵沉默。然后用似乎不知如何表达才好的语调，生硬地说了声"再见"。

新治很急，千代子知道他急，因此比对方更急。她说不出话，更谈不上告白。遂闭起眼睛，心里盼望新治在自己面前哪怕多待一秒钟也好。这时她也才恍然明白：自己祈求其宽恕的心情，实际上不过是她长期以来想接触其温情的愿望的翻版。

千代子祈求对方饶恕什么呢？这位自信面目丑陋的少女，猝然间竟把自己平时压在心底层的而且绝对不应向小伙子提出的问题冲口说出：

"新治君，我就那么丑？"

"哦？"小伙子显得摸不着头脑。

"我的脸，就那么难看？"

千代子希望黑暗掩护自己的面孔，使其多少好看一些。但海的东方竟不解人意地泛出白色。

新治的回答很痛快。他急于上船，不能拖延时间，因而使得少女的心免受一次损伤。

"哪里，很漂亮的！"说着，他一只手扶着船尾，单腿一跃上船，"是很漂亮的！"

任何人都知道新治从不曲意奉承。他只不过是对仓促的提问仓促地给予适当回答。船开动了。他从渐渐远去的船上快活地挥手告别。

岸边剩下一名幸福的少女。

这天清晨，千代子在同从灯塔赶来送行的双亲说话时也满脸生辉。塔长夫妇有些惊讶，以为女儿是为回东京而如此兴奋。神风号渡轮驶离码头，温煦的甲板上只剩千代子一人。她一早便反复回味的幸福感，在孤独中愈发汹涌澎湃。

——说我漂亮！他说我长得漂亮！

千代子依然不厌其烦地重复从那一瞬间开始已重复不下几百次的独白。

——他真是这样说的，这就足够了，不能再奢望什么。他的的确确是这样说的，这足以让人心满意足，不能再期待等到他的爱。他有心爱的人。我做了一件多么糟糕的事！我出于嫉妒而使得他陷入了何等的不幸！对我这种背信弃义，他居然回报说我漂亮！我一定要报答，无论如何要用自己的力量报答……

海面上响起的奇异歌声打断了千代子的沉思。一看，从伊良湖水道那边驶来很多渔船，船上插满红色的旗。歌声便是从那些船上传来的。

"那是什么？"千代子问正在缠缆绳的年轻船长助手。

"那是开往伊势的船。从骏河湾的烧津和远州乘上松鱼船,一家老小赶到鸟羽。他们在船上竖起很多写有船名的红色旗,一路喝酒唱歌或打赌取乐。"

红色旗渐渐看得清楚起来。随着船速很快的这些远洋渔船离神风号越来越近,歌声也乘风不无嘈杂地传来耳畔。

千代子在心里重复:

——他说我长得漂亮!

## 第十二章

不知不觉之间,春天已近尾声。树木愈发绿意迎人。东边悬崖上群生的文珠兰花期尚未来临,但岛上点点处处已缀上了五颜六色的花环。孩子们到校上学,有的海女已潜入冰冷的水中采集裙带菜。因此整个白天门不锁窗不关的无人之家多了起来。蜜蜂在这些空房子里自由自在地出出入入。它们在空荡荡的房间里团团飞舞,有时懵懵懂懂地一头撞在梳妆镜上。

新治原本不善于动脑筋,想不出任何同初江见面的办法。这以前见面机会就少,但总可以满怀期待。如今却连见面的希望也没了。一想到这里,他便恨不能马上去找初江。不过既然已向十吉做过那样的保证,也就不好请假误工。因此,新治只能每晚出海归来,趁路上无人时绕着初江家来回兜圈。

有时二楼的窗开了,初江从中探出脸。除去月光正好照在她脸上之时,其面庞总是阴影朦胧。好在小伙子视力极佳,甚至湿润的眼睛都能看得清清楚楚。初江顾忌周围不敢贸然出声,新治也只能从后院小片菜地的石墙阴处向上默默看着少女的脸。这种如梦如幻的见面场面的酸辛,必定详细出现在翌日龙二带来的信里。新治读罢,其姿其声才重合起来,昨晚见到的初江那无言的身影才得以声情并茂。

这样的见面对新治也同样不是滋味,于是他往往索性一个人夜里去岛上无人常去的地方往来徘徊,用以排遣心中的郁闷。他去了岛南端的迪吉王子的古坟。古坟范围无由判断,只见山顶七株古松之间,有座不大的牌坊和小庙。

迪吉王子的传说也无法澄清,连迪吉这个奇妙的名字属哪种语言亦不得而知。据说正月里在一次由六十多岁的老年夫妇主持的古式祭祀仪式上,有人一晃打开一个奇特的木箱,从中现出一个笏板样的东西,但不晓得这秘密宝贝同王子有何关系。很早以前岛上的孩子曾称母亲为"居家",便是因为王子曾称其妻为"妻家"而小孩子错听成"居家"之故。

总之，一位遥远国度的王子古时曾乘一艘金船漂流到这座海岛。王子娶了岛上的姑娘，死后便葬于此处。王子的生平没有留下任何口碑，任何牵强附会的悲剧故事也都没有假托在王子身上流传下来。这无非是说王子在歌岛度过的一生很幸福，不存在产生悲剧故事的余地，纵使传说属于事实。

或许，王子是降落在这块陌生土地上的天使。他在这里送走了不为世人知晓的一生。但幸福与恩宠无论如何都不肯离开他半步。因此他的遗体才没有留下任何故事，安眠在这可以俯视美丽的古里滩和八丈岛的高坡。

不幸的年轻人在小庙旁边徘徊不已。后来累了，便怅怅地坐下，抱膝眺望月光下的大海。月亮有一圈阴晕，预示明天是个雨日。

第二天早上，龙二去取信。为了使信不被雨淋湿，水缸木盖的一角稍错开一点的地方扣了一个铁盆。海上下了一整天雨。午休的时候，新治用雨衣遮着打开接到的信。字非常难认。上面解释说,一早上开灯怕父亲生疑,只好在被窝里摸黑写。平时本来在白天抽空写好,清晨出海前"寄出"。但今早有急事通知,便把昨天写的信撕了,而写了这封信。

信上说她做了个好梦。梦见神人告诉她新治是王子的化身,将同初江幸运地结婚,生下如珠似玉的婴儿。

初江不至于知道昨晚自己参拜迪吉王子古坟的事,真是一种不可思议的感应。新治怦然心动,准备今晚回去慢慢写一封信,告诉初江其梦境的根据所在。

新治能赚钱以后,母亲可以不必在水还凉的时节便下海作业,而想进入六月后再下水不迟。但母亲劳作惯了,随着气温的升高,无法满足于仅仅料理家务。每当闲下来,难免在不必要的事情上劳心费神,虽然她并不愿意这样。

儿子的不幸总是挂在她心上。同三月份以前相比，眼下的新治判若两人。寡言少语这点固然一如往常，但年轻人特有的快活——即使沉默也喜形于色的快活却已消失不见。

一天，母亲上午做完针线，午后无所事事，便怔怔地考虑如何将儿子从不幸中解救出来。屋子里射不进阳光，只能顺着邻家土屋的墙壁仰望晚春悠悠的天空。母亲灵机一动，起身出门。她来到突堤，观望波涛拍岸的光景。母亲也同儿子一样，考虑问题的时候总是来找大海商量。

堤上晒满系着章鱼罐的渔绳。几乎见不到船只的沙滩上晾着一张张大网。母亲发现一只蝴蝶从张开的网上突然向堤那边飞去。这是一只美丽的黑蝴蝶，莫非来这渔具、沙石和混凝土上面寻找什么奇葩异朵不成？渔家没有像样的院子，只在路边有一块用石头围起来的小花坛——蝴蝶怕是对那里可怜巴巴的花朵看得腻了才飞来这里的。

堤外，波浪经常搅起底土，使得海水浑浊不堪，呈现出黄绿色，并随着波涛高高扬起。母亲注意到，蝴蝶不久便离开堤面，朝浑浊的海面滑翔，又高高飞起。

好个奇怪的蝴蝶，竟学起海鸥的样子！母亲心想。于是更被它吸引住了。

蝴蝶高高飞起之后，似想迎着潮风离开海岛。风平和安稳，但对于蝴蝶柔软的双翅仍是很强的阻力。然而蝴蝶还是高高飞向远方。母亲凝视耀眼的天空，直到蝴蝶成为黑点。那黑点久久地在视野的一角往来盘旋。它大概为辽阔的海面和璀璨的光照弄得晕头转向，并对眼前邻岛那似近而远的距离感到无能为力，结果又低低地贴着海面飞回堤上。之后躲在所晒渔绳的阴影里，像个大网眼的影子似的敛翅歇息。

母亲原本不相信任何暗示和迷信，但这只蝴蝶的徒劳行为毕竟给她心里投上了一道阴翳。

——傻蝴蝶，要是想去外面，落在渡轮上不就万事大吉了！

此刻，新治母亲心中蓦地腾起一往无前的勇气。她迈着坚定的步履，快步离开堤面。途中有个海女向她打招呼她也没有应声,走火入魔似的兀自大步前行,海女讶然。

宫田照吉在村里是屈指可数的富户。不过,其房子仅仅是新盖的,既无大门又无石墙,较之周围房屋并不给人以鹤立鸡群之感。房门左侧是厕所淘粪口,右边是厨房窗扇。二者都在理直气壮地强调对等资格,俨然左右大臣相互对峙。

这点与别的人家也并无不同。只不过由于房子位于斜坡,为放东西而建了一间水泥地下室。那地下室显得甚是坚固,稳稳地支撑着上面的住房,其小小的窗口紧挨着狭窄的小路。

厨房门口有个大小可以钻进一个人的水缸。初江每天早晨用来夹信的木盖,看上去严严实实地保护水缸不进灰尘。其实一到夏天,难免有不知何时进去淹死的蚊子和羽虱等浮在里边水面。

新治母亲刚想进门,又犹豫起来。平日同宫田家没有来往,因此仅凭来访这一点就足以让村里人说得沸沸扬扬。环视四周,并无人影。小径上有两三只鸡走动。后面人家有几株模样寒碜的杜鹃花，透过花荫可以窥见下面大海的蓝色。

母亲用手摸了摸头发。头发已被海风吹乱，便从怀里摸出到处缺齿的红色假象牙小梳，三下两下拢了拢。穿的是平常穿的衣服。脸上没有抹粉，胸口晒得很黑。裤裙补了又补，光脚穿着木屐。作为海女，出水时总是用脚蹬一下海底——由于这个长期以来的习惯，脚趾已几度受伤，并因此变得结实、硬化，带有锐利的弯钩。样子虽绝对算不上好看，但当其踩在地上之时，确有一种坚不可摧的劲头。

她走进未铺地板的裸土间。地上散乱放着两三双木屐，一只底朝上。一双红带木屐，大概刚出海回来，湿漉漉的沙子呈脚板形留在里面。

家中悄无声息，飘着一股厕所味。裸土间四周的房间一片昏暗，唯独最里面房间的正中，鲜明地印着一方从窗口射进来的金黄色包袱皮一样的阳光。

"打扰来了！"母亲招呼道。

静等片刻。没有回音。又喊了一次。

初江从裸土间旁边的木梯上下来：

"啊，是婶母！"

姑娘身穿深颜色裤裙，扎一条黄色头绳。

"好漂亮的头绳嘛！"母亲夸了一句。

同时细细端详这个使得自家儿子那般苦思苦恋的少女：脸略显得憔悴，皮肤还算白皙，因而黑油油的眸子更显得澄澈晶莹。

母亲对自己的勇气怀有信心。一定要面见照吉，向他诉说儿子的无辜，披露实情，让两人相亲相爱。事情只能由大人间的对话来解决。

"你爸在家吗？"

"嗯。"

"有话跟你爸说，请转告一声。"

"嗯。"

少女以不安的表情爬回楼梯。母亲在门槛坐下。

等待的时间相当之长，她后悔没有带烟。等着等着，勇气萎缩下来。她开始意识到，自己的想法是何等不着边际，何等神经兮兮。

楼梯响起低低的吱呀声，初江走下来。但并未走到底，在楼梯中间歪着身子说：

"呃……父亲说不见……"

楼梯黑乎乎的，看不清初江低垂的脸庞。

"不见？"

"嗯……"

母亲大为气馁，同时屈辱感又使其大为冲动。刹那间她想起自己历尽艰辛的一生，想起守寡后有话难向人言的苦衷。于是用几乎唾液四溅的语气，一边向外移动身体一边大发脾气：

"好，是你说不见穷家寡母，就是说不准我再次登门。还是我先说出口好了，告诉你爸爸，我绝不会再登这个门槛！"

母亲不打算将这次受挫的经过告诉儿子。气急败坏之余，竟恨恨地讲起初江的坏话，和儿子发生口角。翌日一天母子两人没有开口，又过一天便和好了。母亲禁不住向儿子哭诉一番，讲了去照吉家时的狼狈场面，而新治早已从初江的信中知道了原委。

母亲诉说时省去了最后那段恼羞成怒的气话。初江为了不伤新治的心,也同样略而未提。因此新治刻骨铭心的只有母亲吃闭门羹的屈辱。小伙子心地善良,认为母亲讲初江的坏话虽说不够地道,毕竟情有可原。出于孝心,他暗暗下定决心:关于以前在母亲面前也毫不隐瞒的自己对初江的恋情,此后除船老大和龙二以外,绝不向任何人提起。

这样一来,母亲由于好心善举的受挫而变得孤独起来。


好在自从出了那件事之后,渔休日——必然使得他为见不到初江而哀叹一日之长的渔休日一次也未光临。如此欲见不得之间迎来了五月。一天,龙二带来了一封让新治欣喜若狂的信:

……明晚,父亲招待客人(对他是稀罕事)。客人来自县政府,在我家留宿。父亲待客肯定喝很多酒,提早躺下歇息。估计夜里十一时可以出门,请在八代神社院内等我……

这天出海归来,新治换上一件新衬衫。一无所知的母亲担心地向上看着儿子,似乎看到了儿子在上次暴风雨那天的形象。

新治深知等待滋味的痛苦,很想让女方也品尝一下,可惜做不到。母亲和阿宏刚一躺倒,便离开家门。到十一点还有两个钟头。

他打算去青年会消磨时间。海边小屋有灯光从窗口泻出,住宿的年轻人的语声传来耳边。新治觉得可能在议论自己,又移步走开。

来到夜幕下的突堤,把脸迎向海风。这时,他想起第一次从十吉口里听得初江情况的那天日暮时分,自己曾怀着莫可名状的激情遥望一艘从水平线晚霞前通过的白色货船的情景。那是"未知"。远看未知的时间里,他的心充满平和;而一旦乘上"未知"扬帆起航,不安、绝望、困惑与悲哀便一齐压来。

他似乎明白了,自己现在本应欢腾雀跃的心何以沮丧地颓然不动。今晚见面时的初江,想必催促自己当机立断吧?私奔?两人住的是孤岛。乘船出逃?新治没有自己的船,何况又没钱。殉情?岛上也有人以身殉情,但那是只顾自己的家伙,新治绝不至于那般轻率。他一次也没想到过死,自己必须养家,这点高于一切。

如此思来想去,时间倏忽逝去。不善于思考的小伙子惊奇地发现,思考本身居然有这般不可思议的消磨时间的效能。但他还是果断地中止思考。无论有何效能,他仍然不愿意染上思考的新习惯,因为他无比敏锐地意识到其中孕育着极端的危险。

新治没有表。勉强说来,是不需要表。无论白天黑夜,他都具有本能地测算时间的特异才能。

例如观看斗转星移。即使不能精确测定,也可凭直觉看出昼夜运行的粗线条轨迹。而只要置身于大自然关系网的一隅,对自然界的常规性秩序不可能不了然于心。

但实际上,坐在八代神社门前石阶上的新治已经听到了告知十点半的一声钟鸣。神官一家酣然大睡。后来他把耳朵贴于木板套窗上,听得挂钟一声清响,便在心里一一数点,一直数到十一下。

　　小伙子站起身,穿过松林沉沉的阴影,走上二百阶石级的顶端。没有月亮,薄云横空,星光点点。但石灰岩石级仍然把夜的微光全部汇聚起来,在新治的脚下白刷刷地挂起一道庄严巨大的光的瀑布。

　　伊势海辽阔的景致完全隐没于夜幕之中。较之知多半岛,渥美半岛三三五五的灯光,宇治山田一带则灯光灿然,迷人地汇成一片。

　　小伙子很为自己新做的衬衫感到美气。这出奇的白色。即使从二百阶石级的最下一阶当也能一目了然。大约一百阶那里,石级由于左右探出的松枝遮掩,显得影影绰绰。

　　……石级下现出一小小的人影,新治的心猛然跳跃起来。沿石级专心登来的木屐声,在四周引起很大的反响,与那小小身影很不相称。听动静并不像气喘吁吁。

　　新治恨不得冲下山去。可是他克制住了。既然等了这么久,也该有在最顶上以逸待劳的权利。到已经可以看清面目的时候，新治几乎情不自禁地大叫初江的名字，但终究忍住没有出声。没跑下去迎接或许有些对不住。面目是在哪里开始看清的呢？大约是在一百阶那里吧。

正当此时，新治听到脚下响起怒不可遏的声响——不错，是在叫初江。

在一百阶稍微宽些的地方，初江突然止步站住。可以看见其胸脯剧烈的起伏。她父亲躲在松阴里的身影出现了，抓起女儿的手腕。

父女俩大声吵了两三句。新治如被捆住似的站在石级顶上木然不动。照吉看也不看新治一眼，抓住女儿手腕径自走下石阶。小伙子不知所措，脑袋也仿佛麻痹了，仍以原来姿势如卫兵一般伫立在石阶顶端。父女俩走下石阶，向左拐，消失了。

# 第十三章

对于岛上的年轻姑娘来说，潜海时节正像城里的孩子以紧张得几乎窒息的心情面临期末考试时一样。潜海技能是小学二三年级时通过下海捡石子游戏学得的，而随着竞争意识渗入变得日益熟练。但若真正入了此道，心血来潮的游戏转化为艰苦的劳动之后，年轻姑娘们便害怕起来，开始讨厌春去夏来时节。

那冰冷，那胸闷，那潜水眼镜钻入水时难以言喻的痛苦，那在差两三寸手指便可摸到鲍鱼时传遍全身的恐怖和虚脱感，那蹬一脚海底浮上水面当中锐利的贝壳给脚趾留下的创伤等各种划伤，那勉强潜水后如铅一样沉重的倦怠……这一切在记忆中反复出现，越来越鲜明，因而恐怖感愈发强烈，甚至在没有任何做梦余地的酣睡当中也往往把姑娘们突然惊醒，使她们在原本平安无事的被窝四周的深夜黑暗里细看自己手心的无数汗珠。

结了婚的年老海女们不同。她们从水中出来后高声歌唱，放声大笑，仿佛劳动与娱乐相融无间。在一旁观看的年轻姑娘，心里以为自己绝不至于落到那般地方；岂料不出几年，便会惊奇地发现不知何时自身居然也成了开朗老练的海女中的一员。

歌岛海女们最忙的是六七月间。忙的地点是辨天岬东侧的双羽滩。

这天也是烈日高照，热得简直不像梅雨来临前的初夏。海滩上燃起篝火，烟气随着南风一直往王子古坟飘去。双羽滩拥揽着小海湾，海湾直接连着太平洋。夏日的云团在海湾上列开阵势。

小海湾的岸边有一处庭园结构的地形。环绕海滩的众多石灰岩，为了使表演西部片的顽童们能够藏在岩石后开枪射击，浑然天成地整齐排列开来。且其表面平坦光滑，布满手指大小的洞穴，成为螃蟹和滩虫的居所。岩石四周的沙滩一片雪白。临海的左边山崖，文珠兰盛开怒放，全无凋落时的零乱不整之态，将富有肉感的葱白一般洁白的坚挺花瓣齐整整伸向湛蓝的天空。

篝火周围，回荡着午休时的欢声笑语。沙滩虽热，尚不至于烫脚；海水虽凉，也不至于上岸后马上披棉衣烤火。大家一边朗朗地笑着，一边不无自豪地挺胸比乳。有人用两手从下把乳房托起。

"不行，那不行，不能用手。要是用手怎么都能蒙混过去！"

"那就是说也有用手也怎么都蒙混不过去的乳房啰，瞧你说的！"

众人哄然大笑。她们在比谁的乳房形状好。

每个乳房都晒得相当厉害，既无神秘的白色，又没有隐约可见的静脉，看不出那块肌体有什么特殊敏感。但那被阳光晒黑的皮肤下面，蕴含着蜜一般半透明的润泽。乳头四周晕环的颜色同整个乳房自然混同起来，而不带有特别发黑发潮的隐秘色彩。

篝火周围密密麻麻的乳房之中，有的已经萎缩，有的又干又硬，只剩下葡萄干样的乳头缅怀昔日的风采。大部分丰硕的乳房并不显得沉甸甸得摇摇欲坠,而是紧绷绷地扣在宽厚的胸脯上。这光景,说明这些乳房是每天在太阳光下如硕果一般发育成熟的,并不羞羞答答。

有个姑娘对自己左右乳房一大一小而耿耿于怀,心直口快的老婆子安慰道:

"用不着担心。将来让夫君揉搓一下就会变好的!"

大家笑起来。姑娘仍半信半疑:

"真的吗,阿婆?"

"当然真的。以前也有个你这样的姑娘,找了夫君后就对称了嘛。"

新治母亲为自己乳房的丰盈光润感到自豪。较之已婚的同龄女伴,唯独自己的最为生机勃勃,仿佛既不知性爱的饥渴又不知生活的艰辛,只是在夏日里不断面对太阳,从中直接汲取活力。

年轻姑娘也没有怎么引发她的妒意。但只有一对漂亮的乳房引起了包括新治母亲在内的所有人的赞叹。那便是初江的乳房。

新治母亲今天第一次潜海,第一次得到同初江长时间相聚的机会。虽然那天愤愤说了那些话,见面时还是相互以目致意,况且初江原本也不是多嘴多舌的姑娘。今天忙着干这干那,很少有可以交谈的机会。这种乳房竞赛当中,说话的也主要是年长妇女,本来就对此避之不及的新治母亲,不想故意引初江开口。

然而当她看到初江乳房的时候,终于明白她同新治之间的所谓丑闻何以随着时间自消自灭。任何看见其乳房的女人都不会怀疑:这乳房绝对不曾知道男子。它还仅仅是刚刚鼓起的花蕾,不难想象,一旦绽开花朵,该是何等妩媚诱人。

刚开始隆起玫瑰色花蕾的双丘之间,是充盈着早春气息的峡谷。其间已接受了充足的光照,但尚未失去肌肤的细腻、滑润和一丝冷峻。它同发育匀称的四肢相得益彰,绝对谈不上相形见绌。只是,那双丘还带有些许硬度,正处于即将觉醒的安眠状态,似乎只消用柔软的羽毛一触,或因微风一吹便会如梦初醒。

刚才那位老婆子见处女的乳房如此健美,形状如此妙不可言，不由伸出粗糙的手碰了下乳头，碰得初江跳起身来。

众人齐笑。

"阿婆晓得男人的心情？"

老婆子双手搓着自己皱皱巴巴的乳房，高声说道：

"看你说的，你那个还是小青桃，我这都是老咸菜干了，里面早已浸足了香味！"

初江笑得头发来回摆动。一片透明的绿色裙带菜，从头发上掉下落在闪闪耀眼的沙滩上。

正吃午饭的时候，一个大家熟悉的异性不早不晚地从岸石背后出现了。

海女们故意惊叫起来，把竹皮饭盒放在一边，捂住乳房。其实她们丝毫不以为然。来犯者是每到这个季节便来岛的老年行脚商。海女们佯装害羞只是为了拿他年纪大开玩笑。

老人身穿一条满是皱纹的旧裤子和一件白色开襟衫。他把背上的大包袱放在大石头上，擦了把汗。

"看把你们吓成这个样子,我来得真是不巧,这就回去不成?"行脚商明知在海滩上出示商品最能刺激海女们的购物欲,嘴上却故意说道。

实际上海女们在海滩也表现得很大方。行脚商让她们在这里把东西选好,傍晚送到家去取钱。海女也高兴在阳光下分辨衣服的颜色。

老行脚商在岩石阴处打开包袱,妇女们一边往嘴里满满塞着食物,一边围着货物站成一圈。

东西很丰富。有浴衣、大人家常服和童服,有单层衣带,有内裤,有衬衫,有衣带拉绳。

及至打开装得满满的宽底木箱的盖子时,妇女们一时惊叹不已。里面排列着漂亮的小件东西,有钱包、木屐带、塑料手袋、头绳和胸针等,花花绿绿地挤在一起。

"没有一样不是大家想要的东西!"一个年轻海女倒也坦率。

转眼间,一根根黑黑的手指伸出来,小心翻动着物品,评头论足,议论谁合适谁不合适。还半开玩笑地讨价还价。结果,卖出了两件近千元的毛巾料浴衣、一条混纺单层衣带和一堆零碎东西。新治母亲买了一件两百元的购物袋,初江买了白地带牵牛花的适合年轻人穿的浴衣。

老行脚商想不到卖得如此痛快,显得兴致勃勃。他相当瘦削,从开襟衫的领口可以看见晒黑的肋骨。花白头发剪得很短,太阳穴和脸颊透出几块黑斑。牙齿已被烟油熏黑,且稀稀拉拉,因此讲话很难听清。声音越高越难听清。看到他笑得两颊痉挛似的发颤和做出夸张的动作,海女们知道行脚商即将发挥"不谋私利"的奉献精神了。

他伸长指尖,窸窸窣窣地在木箱里拨弄着,取出两三个漂亮的手袋。

"喏,蓝色的适合年轻人,茶色的适合中年,黑色的老年……"

"我要适合年轻人的!"那位老婆子插话道。

见众人发笑,老行脚商愈发声嘶力竭:

"最时髦的塑料手袋,每个标准价八百元。"

"嚆——太贵了!"

"可以讲价吧?"

"不能讲价的，八百元！不过为了感谢诸位的厚爱，可以无偿奉送一个给诸位中的一位。"

大家齐刷刷欢快地伸出手来。老行脚商故弄玄虚地将手拨开：

"一个，只送一个！这叫近江屋奖，为祝愿歌岛村兴旺发达，我自愿奉献。谁都可以，反正献给胜者。年轻姑娘胜了给蓝的，中年太太胜了给茶色……"

海女们屏息敛气：如果幸运，可以白白拿到一只八百元的手袋。

行脚商从大家的沉默中得知自己收揽了人心。他想起自身的履历。他以前当过小学校长，后来因在女人身上栽了跟头才沦落到如此地步。现在，他想再当一次运动会上的指挥员。

"鄙人一向承蒙歌岛村关照，现在既然竞争，那么还是选择有益于歌岛村的竞争方式才好。怎么样，诸位，就比摸鲍鱼。一个小时，哪位摸到的鲍鱼最多，奖品就献给哪位。"

他在另一块岩石阴下郑重其事地摊开包袱皮，

像模像样地把奖品摆放整齐。其实每一件都只值五百元左右，但看上去足有八百元的价值。适合年轻姑娘的手袋为箱形，天蓝色。那如新船一般鲜艳的蓝色和电镀扣环的闪闪金光，形成无可形容的美妙对比；适合中年人的茶色手袋也是箱形，鸵鸟皮一样的花纹压制得十分精细，一眼看去，竟同真鸵鸟皮毫无二致；只有适合老年人的黑手袋不是箱形，无论其细长的金色扣环，还是类似宽体船的外形，都显得极为典雅而精致。

新治母亲想得到中年人用的茶色手袋，便第一个自告奋勇。

紧接着报名的是初江。

于是，载着八名报名海女的船离开沙滩。舵手是一位不参与比赛的胖些的中年妇女。八人中只有初江一人年轻。自知技不如人而弃权的姑娘们全都声援初江。留在岸上的其他海女则分别声援自己偏爱的选手。船沿着岩石海岸由南向岛的东侧驶去。

剩下的海女围着老行脚商唱起歌来。

海湾一片湛蓝。被红色海藻包裹的礁石，若无波涛干扰，竟如几乎浮出水面一样宛然在目，实际上相当之深，海浪从其上面鼓涌而至。波纹、漩涡和浪花直接把阴影投在海底岩石上面。浪头刚一扬起，便撞在岩岸上四溅开来。随即，喘粗气般的轰鸣声回荡在整个岩岸，隔断了海女们的歌声。

一小时后，船从东边岩岸返回。竞赛中付出比平时多十倍力气的八个人早已筋疲力尽，将赤裸的上半身靠在一起，默不作声，眼睛任意看着一个方向。湿漉漉的满头乱发，同旁边的头发绞合在一起，不分彼此。有两个人冻得相互抱成一团，乳房生出鸡皮疙瘩。由于日光过于明亮，那些晒黑的裸体看上去活像一堆苍白的溺死者。船无声无息地平稳前进，迎接它的岸边一片喧嚣，二者甚不谐调。

下得船，八个人马上瘫软在篝火旁边的沙地上，缄默不语。行脚商从每人手里接过桶，大声数点着里面鲍鱼的个数。

"二十个，初江第一！"

"十八个，久保太太第二！"

第一和第二——初江和新治母亲对视了一下疲惫充血的眼睛。岛上最为老练的海女败给了在外地练就一身本领的少女。

初江默默站起，去岩石阴处领奖。领回的却是中年人用的茶色手袋。少女将其往新治母亲手里一塞。母亲的脸兴奋得现出血色。

"为什么？为什么给我……"

"爸爸说对不住您，总是想向您道歉。"

"好姑娘！"行脚商叫道。

大家异口同声地夸奖初江，劝母亲收下这片心意。母亲于是把这茶色手袋认真用纸包好，夹在裸露的腋下，高高兴兴说了声："谢谢！"

母亲以直率的心，痛痛快快接受了少女的谦让。少女微微含笑。母亲暗暗佩服儿子找对象的眼力。

岛上的政治便是这样实行的。

# 第十四章

整个梅雨季节,新治度日如年。初江的来信也已中断。八代神社那次所以受到父亲的阻挠,估计是因为发现信的关系。想必那以后父亲严禁女儿写信。

梅雨尚未完全结束时节里的一天,照吉属下的歌岛号机帆船船长来岛。歌岛号停泊在鸟羽港。

船长先去照吉家,然后去安夫家,入夜时分去新治的雇主十吉家,最后来到新治家。

船长早已年过四十,有三个孩子。身高力大,并引以为自豪,但人很厚道。他是虔诚的佛教法华宗信徒,旧历盂兰盆节的时候,他若在村里,甚至可以代替和尚念经。船员们所叫的横滨阿姨或门司阿姨,都是这位船长的情妇。每次到这些港口,船长便把年轻人带到情妇家里喝酒。阿姨们打扮倒也简朴，对年轻人照顾得十分周到。

船长脑袋已秃了半边，人们说是由于生活放荡的缘故。因而他总是派头十足地扣着那顶镶金边的大盖帽。

船长来后，立即同母亲和新治谈起正事。他说，村里的男子一到十七八岁都要当炊事员，以打下当船员的基础。学炊就是在甲板上实习。新治差不多也到了这样的年龄，可不可以到歌岛号上来学炊。

母亲没有作声，新治说要同十吉商量后才回答。船长说已经征得了十吉的同意。

不过事情还是有些费解。歌岛号是照吉的船。照吉不可能把其憎恶的新治放到自家船上。

"啊，照爷也认为你能成为一个海上好手。我一提出你的名字，他就答应了。嗯，拿出精神来好好干！"

为慎重起见，新治和船长找到十吉家，十吉也积极相助。他说新治走后，作为太平号是很有些困难，但他不想妨碍青年人的前途。新治遂答应下来。

第二天,新治听到一个怪论:安夫也将同样作为炊事员上歌岛号来。还说安夫原本不大情愿,但照爷以此作为同初江订婚的条件命令他必须练此本领,他只好应允。

新治听了,心里充满不安和不快,继而又涌起一线希望。

为祈祷航海安全,新治同母亲一起去八代神社抽了卦签。

出发当天,新治和安夫由船长带领,乘神风号渡轮往鸟羽进发。送安夫的人很多,其中也有初江,但没见到照吉。送新治的只有母亲和阿宏。

初江没有看新治这边。快要开船时,初江贴着新治母亲耳边说了句什么,递过一个小纸包,母亲把它交给了儿子。

上船后,由于有船长和安夫在,新治不便打开纸包。

他望着渐渐远逝的歌岛。这个生在歌岛长在歌岛最爱歌岛的年轻人,现在发觉自己竟是那样迫切地想离开歌岛。他接受船长的要求,也是因为希望离开歌岛。

岛影隐没后,小伙子的心平静下来。今天不同于往常捕鱼的日子,且晚上不必再返回那里。他心里叫道:我已经自由。他第一次知道居然有这种奇妙的自由。

神风号在濛濛细雨中前进。船长与安夫躺在昏暗的船舱垫席上,已经睡了。安夫上船后还没同新治搭过话。

小伙子把脸贴在淌着雨滴的圆窗上,在其光亮下打开初江给的纸包。里边有八代神社的护身符、她本人的照片和一封信。信上这样写道:

此后每天都去八代神社祈愿你平安无事。我这颗心已属于你,希望你精神饱满地归来。送上我的照片,算我同你一道航海。照片是在大王崎照的。至于这次的事,父亲虽然什么也没说,但我想他还是有所考虑的,否则不会故意让你上自己的船。我好像看到了一线曙光。请你不要放弃希望,加倍努力!

信给了小伙子勇气。他觉得双臂充满力量,全身生机勃勃。安夫还在睡。他对着窗口光亮,出神地看着少女倚在大王崎巨松上的照片。时间是去年夏天,风掀动着少女白色的连衣裙,抚摸着她的肌肤。自己也曾有过海风这样的举止——这个回忆使他力量倍增。

他舍不得收起,久久、久久地看着照片。不觉之间,立在圆窗边上的照片阴影里,慢慢从左边闪出烟雨迷濛中的答志岛。小伙子的心再次失去了宁静。希望搅得心里不安,恋爱真是不可思议。但这对他已不是新鲜体验了。

到鸟羽时,雨过天晴,凝重的白金色光线从四散开来的云层间隙中泻落下来。

在鸟羽港靠岸的大多是小渔船,一百八十五吨的歌岛号已算是鹤立鸡群。三个人跳上在雨后阳光下炫目耀眼的甲板。光闪闪的雨珠顺着涂着白漆的桅杆流淌下来。令人生畏的起重臂弯在船舱之上。

船员们还没回来。船长把两人领进船员室。船员室有八张垫席大小,位于船长室的隔壁,在厨房和食堂的上面。里面有个放东西的地方,中间铺着席子。右边是两张双层床,左边有一张双层床和轮机长的单人床。两三张女电影明星的相片像护身符一样贴在天花板上。

新治和安夫被安排睡在右侧前端的双层床上。除轮机长外,房间里睡的人有一等航海士、二等航海士、水手长、水手和操机手。但平时总有一两人出去值班,床数足够用。

接着,船长又带两人看了船桥、船长室、货舱和餐厅。然后叫他们在船员室休息,等船员们回来,便走开了。剩在船员室的两个人面面相觑。安夫有些心虚,妥协道:

"同伴只有你我两人了。在岛上是有过不少事,这往下让我们还是和好吧。"

"嗯。"新治简单应了一声,现出微笑。

傍晚,船员们回到船上。几乎都是歌岛出来的人,同新治和安夫全都认识。他们身上还带着酒气,拿两人开了几句玩笑。随后交代了日常性工作和其他各项任务。

船于明晨九时起航。分给新治的一项任务是明天黎明时分把停泊灯从桅杆上摘下。停泊灯好比陆上人家的木板套窗，灯熄乃起床的信号。这天夜里新治几乎通宵没有合眼，没等日出便爬起床，迎着刚刚泛白的天光外出摘灯。四下笼罩在雨雾之中。两排港口的街灯一直连到鸟羽站。车站那边传来货车粗犷的笛声。

小伙子爬上折起船帆的滑溜溜的桅杆。桅杆又湿又凉，舔动船舷的微波细浪毫不含糊地影响到桅杆。停泊灯在经过雨雾浸润的第一束晨光的辉映下，泛着乳白色的光环。小伙子伸手去摘吊钩。停泊灯似乎不情愿被摘下，左右大摇大摆，湿淋淋的玻璃灯罩里的火苗闪闪烁烁，雨珠接连滴在他仰起的脸上。

新治想，自己摘的下一个桅灯，该是在哪个港口呢？

成为山川运输公司租用船的歌岛号，往冲绳运送木材,再回到神户港,往返约需一个半月。船经纪伊水道到神户,在濑户内海西行,至门司接受海关检疫。再沿九州东海岸南下,在宫崎县日南港领取出港证。日南港有海关办事处。

九州南端大隅半岛的东侧,有个叫志布志湾的海湾。面临海湾的福岛港靠近宫崎县境的边缘,火车由此开去下一站,途中将穿过宫崎与鹿儿岛的县界。歌岛号在福岛港进行装船作业,装上一万四千立方尺木材。

出福岛港后,便被作为远洋轮对待。由此到冲绳,大致要航行两昼夜乃至两昼夜半。

没有装卸任务时或其他空闲时,船员们便歪倒在中间三张席子上听手提式唱机。唱片屈指可数,大多数磨得伤痕累累,生锈的唱针在上面划起含糊不清的歌声。哪一首都悲悲切切,内容大同小异,无非是港口、水手、雾霭、对女郎的回忆、南十字星、喝酒等等。轮机长是乐盲,每次航海都打算学会一首,可惜每次都学不完,到下次航海便忘得一干二净。每当船剧烈颠簸时,唱针就一歪划伤唱片。

夜间大家往往不着边际地大发议论。主题大致有"爱情与友情""恋爱与结婚""葡萄糖注射量可否与生理盐水注射量相等"等等,一谈就是几个钟头。总是固执己见者获胜。在岛上担任青年会支部长的安夫,谈起来头头是道,使得老海员心悦诚服。新治则只是默默抱膝坐着,笑眯眯地倾听众人的意见。一次轮机长对船长说新治定是蠢货无疑。

船上生活很忙。一起床就要清扫甲板,所有杂务都一股脑儿推到新手头上。安夫的消极怠工也愈发让人看不顺眼。他的态度是只要完成本职工作即可。

起始有新治护着安夫帮他做事,安夫的消极态度尚不至于马上暴露。但一天早上当安夫假装上厕所逃避清扫甲板,实际上在船员室偷懒时,水手长骂了安夫一句,安夫却不慌不忙地回敬道:

"反正我回岛就当照爷的女婿,那一来,这船也就是我的了嘛!"

水手长怒不可遏,但考虑到日后万一如此,便没再当面训斥,而向同事嘀咕了这个新手如何口出狂言。结果反倒对安夫不利。

新治忙得不亦乐乎,除每晚睡前的一小会时间和值班之机,无暇看初江的照片。照片没有让任何人见到。一天,安夫得意扬扬地提起自己将成为初江的丈夫,新治偶然心生一计,报复性地问他有无初江的照片。

"噢,有的有的。"安夫当即回答。

新治知道他显然在说谎,内心充满快慰。稍顷,安夫若无其事地回问:

"你也有的?"

"有什么?"

"初江的照片呀。"

"哪里,没有没有。"

这恐怕是新治有生以来第一次说谎。


歌岛号驶抵那霸。接受海关检疫后,进港卸货。船要停泊两三天。本来可以去尚未开放的运天港装废铁运回内地,但很难得到批准。运天位于冲绳北部,战争期间是美军首次登陆的地点。

一般船员不准上岸,每天只能从甲板上观望岛上荒凉的秃山。当时进驻的美军担心有未爆炸的炮弹剩在山上,放火把树林烧个精光。

朝鲜战争虽已结束,但岛上的气氛仍不同寻常。战机演习的轰鸣声终日不断,港口旁边宽阔的水泥路面上,数不清的汽车顶着亚热带的烈日川流不息。有客车,有卡车,有军车。公路两侧快速建起的美军住宅上的沥青闪着晶亮的光,民舍一副垂头丧气的样子,七拼八凑的白铁皮房顶在画幅中留下大煞风景的斑点。

上岛的只有一等航海士一个人。他去山川运输公司的承包部门找代理商。

回航运天的批准总算下来了。歌岛号开入运天港,装上废铁。这时,有警报说冲绳半径以内将遭遇台风袭击。于是船一大早迅速起航,以便尽快逃到台风圈外。往下只管朝内地航行即可。

清晨,小雨淅淅沥沥,波涛翻滚,风从西南吹来。

背后的山倏忽消失不见，歌岛号在视野狭小的海面上，靠指南针一口气跑了六个小时。晴雨计急速下降，浪头卷得更高，气压之低非同小可。

船长决定返回运天。雨被风吹得七零八落，视野一片模糊，回程的六个小时航行十分艰难。终于，运天山出现了。熟知此处地形的水手长站在船头瞭望。港口周围是两海里宽的珊瑚礁，加上没有浮标，通过这段狭窄的航道远非易事。

"停！……停！……"

歌岛号几次停驶，低速切入珊瑚礁航道。时值午后六点。

珊瑚礁内侧有一只捕松鱼的船在避难。船已停住，便用几根缆绳将两只船的船舷并排拴住，一齐驶入运天港。港内浪头虽低，风势却愈发嚣张。船舷相连的歌岛号和松鱼船用两根缆绳和两根钢丝绳分别将船头拴在约有三张垫席宽的浮筒上，以防风袭。

歌岛号没有无线设备，仅仅靠指南针航行。松鱼船上无线电负责人让人把有关台风的来路和去向的情报一一报告给歌岛号船桥。

入夜后,鲣鱼船派四人在甲板值班,歌岛号也派三人观察情况。这是为了监视缆绳和钢丝绳万一出现的断裂险情。

甚至浮筒能否保住都令人惴惴不安。但相比之下,缆绳断裂的危险更为可怕。值班员在同风浪搏斗当中,几次冒着危险用盐水淋湿缆绳。因为缆绳一干便有可能断开。

晚间九点,两只船被风速二十五米每秒的台风包围起来。


十一点以后,由新治、安夫和年轻水手三人值班。三人贴着舱壁爬上甲板。针一样锋利的飞沫打在他们脸上。

上面无法站稳脚跟。甲板如一面墙似的在眼前立起,船体所有部位都怪叫不已。港内波涛虽不至于冲上甲板,但风卷起的飞沫顿成回旋的迷雾,封锁视线。三人四肢着地,好不容易爬到船头桩墩,靠住身体。两根缆绳和两根钢丝绳便是将这桩墩同浮筒连在一起。

浮筒在前边二十米远处，夜色中看起来模模糊糊，只是因为周围一片漆黑，白色才勉强显示出其所在位置。然而，随着钢丝绳近乎悲鸣的呻吟声，一面巨大的风块将船高高掀起，浮筒旋即远远移往黑魆魆的下方，越来越小。

三个人抓住桩墩，互看对方的脸，说不出话来。海水打得脸几乎睁不开眼睛。风的嘶鸣和海的咆哮将三人团团包围，在这无尽的暗夜里，反而给人一种狂暴的静谧。

他们的任务便是盯住缆绳。缆绳和钢丝绳紧绷绷地把浮筒和歌岛号连接起来。一切都在狂风的淫威下摇摆不止，唯独缆绳画出坚挺的直线。盯视之间，他们由于精神高度集中而生出坚定的信心。

也有时风似乎突然止息。但这一瞬间反而使三人胆战心惊。因为巨幅风块马上横空吹来，吹得桅杆瑟瑟发抖，夹裹着骇人的声响劈头盖脸地将大气压向三人。

三人默默凝视缆绳。缆绳在风中也断断续续地发出尖厉刺耳的悲鸣。

"看呐!"安夫一声惊叫。

钢丝绳发出不吉祥的吱扭声,缠在桩墩上的这一端似乎一点点移位。三人看着眼前桩墩出现的极其细微而又令人不安的变化。突然,一根钢丝绳从黑暗中反弹过来,闪电一般打在桩墩上,訇然一声怪响。

霎时间,三人急速卧倒,才免于被断开的钢丝绳击中。否则定然皮开肉裂。钢丝绳犹如垂死挣扎的活物,高叫着在黑暗中的甲板上翻腾跳跃,最后画了个半圆,安静了。

终于明白事态严重性的三个人顿时脸色发青:拴船的四根绳断了一根!剩下的一根钢丝绳和两根缆绳也不知何时断裂。

"报告船长去!"

安夫说罢,离开桩墩。他扶着东西,几次跌倒爬起,奔到船桥向船长报告了情况。高大的船长倒镇定自若——至少看上去如此。

"是吗,那就要启用救生缆了。台风在半夜一点告一段落,现在用上救生缆,可保万无一失。派人游过去把它系在浮筒上!"

船长把船桥交给二等航海士,同一等航海士一起跟安夫出来。他们把救生缆和一条新细绳像老鼠拖馅饼一样,慢慢滚动着从船桥拖到船头桩墩。

新治和水手递过询问的视线。

船长俯身大声问:

"哪个把这救生缆拴到对面浮筒上去?"

风的吼声掩盖四人的沉默。

"没有人吗?胆小鬼!"船长再次叫道。

安夫嘴唇发颤,缩起脖子。新治则用快活开朗的声音做出响应。从他在黑暗中泛出的好看的白色牙齿,可以觉察他的确漾起微笑:

"我来!"

"好,你来!"

新治站起身。他为自己一直屈身感到羞愧。从暗夜深处袭来的风迎面打在他身上。但对于早已习惯在糟糕天气出海捕鱼的他来说,这牢牢踏在脚下的颠簸的甲板,不过是多少闹情绪的大地。他侧耳倾听，台风在其挺拔的头上掠过。无论大自然静静午睡的床旁，还是眼下其飞扬跋扈的席上，他都同样有资格应邀前去。汗水早已彻底浸湿了雨衣的内侧，衣服的前胸后背也已湿透。他全部脱掉。于是一个只穿白色圆领衫的光着脚的青年形象，浮现在黑色的风暴中。

船长指挥四人，将救生缆的一端系于桩墩，另一端系上细绳。受狂风影响，作业进展缓慢。

系好后，船长将带有细绳的一端递给新治。

"把这个缠在身上游过去，再用手抓住救生缆系在浮筒上！"

新治把细绳在裤带上缠了两圈，随后立身船首，俯视海面。打在船头上四散开来的浪头和飞沫的下面，翻滚着盘踞着难以看清的暗流。它重复着不规则的流势，暗藏令人粉身碎骨的杀机，始而汹涌澎湃，近在眼前，继而折身退下，推出团团打漩的无底深渊。

此刻，藏在船员室上衣内袋里的初江照片掠过他的心头，旋即随风逝去。他用力一蹬甲板，跃入海中。

到浮筒的距离为二十米。尽管他自信有不亚于任何人的臂力，有可绕歌岛游五圈的技术，但也不能保证他会游过这二十米。一股一往无前的力量向小伙子的手臂汇拢，而一种无形棍棒样的东西又捶打着他力图冲浪的双臂。身体不由自主地漂浮起来，体力与浪头相持不下。不料转瞬之间，体力便如脚底抹油一般徒呼奈何。他相信浮筒已伸手可触，然而从波涛间抬起的眼睛，看见的仍然是与刚才同样的距离。

小伙子奋力击水，逼得巨大的怪物一点点后退让开道路，如穿岩机打通坚硬的石山。

当手碰到浮筒时，小伙子手一滑，被冲了下来。所幸随之而来的波浪一下子把他推上前去，以致胸口险些撞上浮筒。他一口气登上浮筒，深深喘了口气，风随即堵住他的嘴和鼻孔，几乎使其窒息，一时忘掉往下应做的工作。

浮筒大模大样地趴在海面上随波逐浪。海水不断冲上其半边，又哗然滚下。为防止被风吹跑，小伙子紧紧俯在上面，解开身上缠的细绳。浸湿的绳扣很难解开。

新治拉住解开的细绳，这时才得以往船那边看上一眼。船头桩墩那里，四人的身影凝然不动。松鱼船头部的值班员也往这边盯着看。虽然相距不过二十米，但显得相当遥远。连在一起的两船黑影，并肩高高扬起，又沉沉落下。

细绳对风的阻力很小，拉起来倒也顺手，但其前端很快越来越重，随即直径十二厘米的救生缆传到手上，拽着新治几乎坠入水中。

风力重重加在救生缆上，小伙子费了九牛二虎之力才把缆头攥在手中。缆头很粗，一双结实的大手几乎都攥不住。

伤脑筋的是使不上力气。他想站稳脚跟，但风不允许他拉开架势。弄不好很可能被缆绳拽下海去。他湿淋淋的身体一阵发热。脸上火烧火燎，太阳穴急剧地跳动。

一旦把救生缆往浮筒缠上一圈，往下便容易起来。力的支点因此而产生，新治的身体反倒可以依托于粗重的救生缆。

缠罢两圈,他牢牢打了个死扣,举手宣告大功告成。

可以清楚看见船上四人挥手作答。小伙子忘记了劳累。快活的天性瞬间复苏过来,衰退的气力重新涌起。他迎着狂风,足足吸了口气,跳入海中游回。

甲板垂下的绳子将新治救起。爬上甲板后,船长用宽大的手掌拍拍他的肩膀。一股男子汉的豪气支撑着他,使他没有因过度疲劳而晕倒。

船长叫安夫扶新治去船员室。非值班的船员为他擦拭身体。一上床他便睡了过去。不管风浪如何呼啸,都不足以妨碍他香甜的睡眠。

……第二天,新治睁眼一看,明灿灿的阳光泻在他的枕旁。

透过床边的圆窗,他看到了暴雨过后澄澈的天宇,看到了亚热带太阳照耀下的荒山秃岭,看到了风平浪静的大海的辉煌。

## 第十五章

歌岛号返回神户港,比计划迟了几天。因此船长、新治和安夫未能回岛赶上本应赶上的八月中旬的旧历盂兰盆节。三个人在神风号渡轮甲板听着岛上的新闻:古里滩爬上一只大海龟,当即被人杀死,取了满满一桶龟蛋,以两元一个的价钱卖掉了。

新治去八代神社拜谢。之后马上被十吉拉到家里招待,勉强喝了几杯本来不会喝的酒。

从第三天开始,新治又乘上十吉的船出海捕捞。他只字未提航海的事,但十吉已从船长口中一一听到了。

"听说你立了大功!"

"没什么。"

小伙子脸略略一红,再没说什么。不知其为人的人,以为他在那里睡了一个半月也未可知。

一会儿,十吉以若无其事的语气问:

"照爷没说什么?"

"嗯。"

"是吗?"

谁也没提起初江,不过新治并未感到怅惘,而在夏日波涛摇晃下的船上将全副精力投入自己感到亲切的劳作中。这种劳作犹如剪裁得体的衣服,同其身体正相吻合,没有可供烦恼潜入的余地。

无可言喻的满足感依然伴随着他。傍晚在海湾中行驶的白色货船,虽然已不是以前见过的那种,但仍给新治以新的感动。

他想,自己已知道那船的去向,知道船上的生活及其艰险。至少,白色货船已失去未知的神秘。可是在晚夏暮色中永远拖着青烟远航的白色货船,还是具有一种比未知更使他心驰神往的风韵。小伙子想起自己奋力拉拽的救生缆留在手心的重量。他的确用自己坚硬的手掌摸过一次往日曾远远凝望的"未知"。他觉得自己可以触及海湾那艘白船。在赤子之心的驱使下,他朝已经暮色苍茫的东边海湾伸出骨节分明的五只手指。

暑假已过一半,千代子却仍未回来。塔长夫妇朝思夜盼。发信催促,没有回音,又发。过了十天,总算回了封信。上面没写缘由,只说今年暑假不想回岛。

母亲心想只好哭求,便写了一封多达十页的快信,苦苦央求女儿赶快回来。回信寄到时暑假已接近尾声,新治回岛已有七天。信上始料未及的内容使母亲目瞪口呆。

千代子在信中向母亲说了事情的真相:

暴风雨那天目睹两人偎依着走下石级,就多此一举地向安夫告密,致使新治和初江陷入窘境。还说这种犯罪感至今仍使自己的心遭受折磨。倘若新治和初江不获得幸福,自己没有脸回岛。所以,如果母亲从中调停,说服照吉允许两人结合,则不妨以此为条件回去。

这封带有开恩味道的悲剧性信函,看得与人为善的母亲浑身发抖。她觉得,除非自己采取适当的措施，否则女儿说不定因忍受不了良心的谴责而自寻短见。塔长夫人从好多书上看到过正当青春的少女因一点小事便自杀的可怕事例。

塔长夫人打定主意，不给丈夫看这封信，而由自己一手处理妥当，以使女儿早日回岛。她换上外出时穿的白麻布西装套裙。于是当年在女校当教师的心境又回到身上，仿佛是去学生父兄那里商谈什么难题。

她向下往村里走去。路旁人家门前铺着席子，上面晒着芝麻、小豆、大豆等等。青青的小芝麻粒，沐浴着晚夏的阳光，在光鲜的粗席花上投下一个个楚楚可人的纺锤形阴影。从这里眺望，今天的海浪不高。

夫人白色的凉鞋，在主村道的水泥阶上敲出清脆的足音。往下行走之间，耳畔传来欢声笑语和拍打湿衣服时那富有生机的响声。

一看，原来路边小河旁，六七个身穿便服的妇女在洗衣服。盂兰盆节过后，海女们偶尔才去采一会黑海带，基本清闲下来，开始大洗积攒下来的脏衣物，其中也有新治的母亲。几乎没有人使肥皂，只是把布铺在平石头上用双脚踩着。

"嚙，太太，今天去哪儿呀？"海女们异口同声地打招呼说。她们挽起裤脚露出的黑黝黝的大腿的倒影在河水里晃来晃去。

"去一下宫田照吉家。"

如此应罢，夫人心想，既然遇到了新治母亲，那么便不好连个招呼也不打就去为其儿子撮合婚事。她拐下石板路，沿着长满青苔的滑溜溜的石阶下往河边。穿凉鞋很不容易迈步。她背朝小河，一边频频回头用眼角瞄着河畔，一边扶着石块慢慢往下移动。一个海女站在河中心，伸手拉过夫人。

下到河边，夫人脱去凉鞋，打赤脚过河。河对面的人呆呆地看着她这可谓冒险的举动。

太太拉着新治的母亲，贴着耳边说起悄悄话——足以使周围听见的悄悄话。

"这种地方是不大合适，我是想问一下新治和初江后来进展怎样。"

猝然间，新治母亲瞪圆了眼睛。

"新治是喜欢初江吧?"

"啊,嗯……"

"照爷还在拉横车?"

"啊,这……正为这个伤脑筋呢。"

"那么初江方面是什么态度呢?"

其他海女也加入这听得一清二楚的悄悄话中来。说到初江,自从行脚商举行那次比赛以来,海女们都向着初江,况且又从初江口中听到了实情,开始一致反对照吉。

"初江也对新治有意,是吧,太太?可是照爷却偏偏让那个不争气的安夫入赘,居然有这等荒唐事。"夫人换上讲课语调,"东京女儿来了封最后通牒,叫我无论如何都得成全两人的婚事。我这就去照爷家商谈,但想先问问你作为母亲的态度。"

母亲拿起脚下踩的儿子睡衣,慢慢拧着,沉吟着。少顷,向太太深深躬身说道:

"拜托了!"

海女们也都上来了侠义心肠,像河边水鸭子似的叽叽喳喳商量了一阵,想出办法:她们代表全村妇女跟夫人一道去,凭人多势众给照吉一个下马威。夫人答应下来,于是除去新治母亲,五个海女拧干衣物后先后各自回家,说定在往照吉家去的拐角处同夫人会齐。

塔长夫人站在宫田家幽暗的裸土间里。

"打扰来了!"她用富于活力的声音寒暄道。

又重复一句。没有回音。门外五个女子热辣辣地忽闪着眼睛,晒黑的面孔如仙人掌一样向前探出,窥视里面的动静。夫人又招呼一声,声音在空荡荡的房里发出回响。

俄尔,楼梯吱扭作响,身穿浴衣的照吉走下楼来。初江大概不在。

"哦,是塔长夫人!"照吉凛然站在楼梯口,声音低沉地应道。

他脸上没有一丝笑容,马鬃般的白发揭竿而起。在如此接待方式面前,大多来客恨不能马上逃走。夫人也有些惧怵,但还是鼓起勇气:

"这次拜访,有句话想跟您谈一下。"

"是吗，请进。"

照吉折回身，快步登上楼梯。夫人跟在后面，五个人也蹑手蹑脚地尾随而上。

照吉把塔长夫人让进二楼里面的客厅，自己靠壁龛柱坐定。尽管房间增加了六名来客，他依然一副无所谓的样子，兀自望着敞开的窗外，手里玩弄着带有鸟羽药店广告美人图的圆扇。

从窗口望去，歌岛港就在眼下。堤内拴着一只协会的船。夏日的云絮遥遥挂在伊势海面。

外面阳光灿烂，室内却一片黯然。壁龛里挂着一幅大上一任三重县知事的墨迹。用盘根错节的树根雕成、头尾插着一条条细枝的一对雄雌鸡放着油腻腻的光泽。

未铺桌布的紫檀矮桌的这一端坐着塔长夫人。门帘前的五个人早把刚才的气势丢到九霄云外，一个个正襟危坐，俨然举办便服展览会。

照吉依然扭头不语。

夏日午后闷热的房间里寂无声息，唯有几只飞来飞去的大绿蝇的嗡嗡声打破沉寂。

塔长夫人擦了几把汗,终于开口道:

"就是说,府上初江小姐同久保家新治君的事……"

照吉还是没有回头。片刻,不屑似的说:

"初江和新治?"

"嗯。"

照吉这才转过脸,板着面孔道:

"那件事已经定了,由新治当初江的女婿!"

女客们如决堤一样哗然。照吉全然不理会客人情绪,继续下文:

"不过,毕竟年纪太小,眼下只能算订婚,等新治过了二十岁才正式举行婚礼。听说新治母亲日子并不充裕,这样,可以把母亲和弟弟接过来。当然,经过协商每月给赡养费也可以。这话还没对任何人提过。

"原先我是很恼火,想把两人拆开。但眼看初江无精打采,觉得未免欠妥。我就想了个计策:求船长把新治和安夫调到我船上去,试看哪个是好样的。这话船长也悄悄透露给了十吉。恐怕十吉还没有向新治透过口风。总之,事情就是这样。船长也看中了新治,说再也找不到这样好的女婿。何况新治在冲绳立了大功,我也就改变了主意,决定选新治为婿。根本说来……"照吉加强了语气,"男人靠勇气,有勇气就行。歌岛上的男子汉也必须这样。家庭出身和财产是次要的,对吧,太太。新治有的就是勇气!"

## 第十六章

新治开始公开出入宫田家的大门。一天出海回来,他换上干干净净的白色开襟衫和长裤,一手提着一条大鲷鱼来找初江,在门口呼唤初江的名字。

初江早已准备好等着。两人约好去八代神社和灯塔报告订婚和表示感谢。

裸土间外面,尚有几许天光。走出来的初江,身上穿着上次从行脚商那里买的白地带大朵牵牛花的浴衣,其白地在夜色中看起来也很鲜明。

手扶门框等待的新治见初江出来,急忙低下头,用一只木屐在地上划着,小声说:

"蚊子真厉害。"

"是啊。"

两人登上八代神社的石级。本来可以一口气冲到顶上,但两人没有那样,而是细嚼慢咽似的一阶一阶向上登着,心里十分惬意。登到一百阶时,有点舍不得再往上登。小伙子想拉少女的手,无奈鲷鱼作梗。

大自然也对两人施恩加宠。登到顶端,两人回望伊势海面。只见繁星满天,唯有知多半岛那边云层低垂,时而掠过不闻雷声的闪电。海潮声也不大,听起来安详平和,如大海安眠中的喘息。

两人穿过松林,来到简朴的神社前。小伙子用力合拍了下双手,激越的声音使他生出一种自豪感,便又拍了一下。初江则低头祷告。由于白浴衣领口的作用,脖颈显得更不白皙,但比任何白皙的脖颈都撩拨着小伙子的心。

神使两人一切如愿以偿。小伙子心中又荡过幸福的涟漪。两人久久地祈祷着。并且感到,只有完全相信神,神才会保佑自己。

社务所里灯光雪亮。新治打声招呼,神官开窗探出脸来。新治说得不得要领,神官好半天弄不懂两人的用意。终于沟通之后,新治献上鲷鱼作为神前供品。接过这条可观的大鱼,神官想到将由自己主持的婚礼日期,遂致以诚挚的祝愿。

两人从神社后院往松林小径爬去,夜凉如水,沁人心脾。夜幕早已垂临,茅蜩却鸣声频频。往灯塔去的路崎岖难行。因一只手空了,小伙子得以拉住少女的手。

"我嘛,"新治说,"我准备考取海技证书,当上一等航海士。满二十岁的时候,总可以考取吧!"
"好啊。"
"拿到证书就结婚好吗?"
初江不语,赧然一笑。

拐过女妖坡,快到塔长家灯光跟前时,小伙子朝晃动着准备晚饭的夫人身影的玻璃窗,一如往常地招呼一声。

夫人打开门,看着黑暗中伫立的小伙子和他的未婚妻。

"哎哟,成双成对的!"勉强用双手接住大鲷鱼的夫人高声叫道,"老头子,新治送一条好大的鲷鱼咧!"

生性不喜热闹的塔长在里边没动地方地传过话来:

"太谢谢了。这次真得祝贺祝贺,快进来,请进。"

"请进吧。"太太加上一句,"明天千代子也回来。"

小伙子全然不晓得自己给予千代子的喜悦和种种困惑,只是不假思索听着夫人这句冒失的附言。

由于硬被挽留吃饭,两人差不多待了一个小时。临走时,塔长提议参观灯塔。回岛时间不长的初江还一次也没有进入灯塔里面看过。

塔长先把两人领到不大的值班室。

值班室位于水泥阶上面,去那里要通过昨天刚播下萝卜种子的一小块菜地。灯塔立在依山垒起的高台上,值班室背靠悬崖峭壁。

灯塔的灯光如一道闪光的雾柱,从右向左摇晃着把值班室后面的悬崖拦腰斩断。塔长在前头开门进去,打开灯。窗框上挂着三角尺,桌面上收拾得井井有条,中间放着过港船舶报表。三脚架上的望远镜对着窗口。

塔长推开窗,动手调了调望远镜,调到初江身高那样的高度。

"哦,好漂亮!"初江用袖口擦了下镜头,重新往里窥看。

新治以其出类拔萃的视力,对初江所指方向的灯光加以说明。初江眼贴镜头,指着东南边的海湾中点点可见的几十盏灯光。

"那个?那是机动拖网船的灯光。都是爱知县的。"

海上灯光无数,天上无数星光,二者仿佛一一对应。眼前是伊良湖崎的灯塔,其镇上的灯光在灯塔后面疏疏落落。左边,篠岛的灯光隐约可见。

左端见到的是知多半岛野间崎的灯塔,右端是丰滨町的一片灯火。中间红色的,是丰滨港海堤的灯光。一直往右,大山顶峰的航空灯塔灿灿生辉。

初江再次惊呼起来:镜头视野闯进一艘巨轮。

巨轮非常堂皇,清晰而奇妙,肉眼无法看清。因此在轮船通过镜头的时间里,小伙子和未婚妻谦让着轮流窥看。

看样子是一艘两三千吨的客货两用轮。可以清楚望见散步甲板里侧摆着几张铺有白色桌布的餐桌和一些椅子。人则一个也没有。

似乎是餐厅的这个房间里,可以看见涂着白漆的墙壁和窗口。蓦地,右边现出一个穿白衣服的男侍,走过窗前……

不久,这艘亮着绿色前灯和后樯灯的巨轮,逃出望远镜视野,沿伊良湖水道往太平洋方向驶去。

塔长又把两人领到灯塔。一楼放着加油壶、汽灯、油罐,散发出汽油味,被发动机发电机震得发颤。沿着狭窄的螺旋梯爬上二楼,一间孤单单的圆形小屋里悄然停放着灯塔的光源。

透过窗口,两人看见光束从右往左大面积扫过黑浪翻滚的伊良湖水道。

塔长知趣地留下两人,独自下楼去了。

这间圆形小屋,墙壁全是磨得光光的木板,黄铜器具闪闪发光,将五百瓦灯泡加大成六万五千烛光亮的厚透镜缓缓旋转着,以同样的速度连闪白光。透镜阴影在周围木壁上移动,伴随着成为明治时代特征的唧唧唧的旋转音,划过脸贴窗口的一对恋人的后背。

两人觉得对方的脸离自己是那样近,想碰即可碰及,包括燃烧般的体温……他们前面是深不可测的黑暗,灯塔的光束有条不紊地从其间晃晃扫过。透镜的阴影旋转移过白衬衣和白浴衣的后背,每当此时便出现变形。

此刻新治心想,尽管受了那么多磨难,但神始终保佑着两人,一次也未曾离开,而两人的自由终归也只能存在于同一个道德的框架中。也就是说,这座黑暗笼罩下的小岛在保护着两人的幸福,使两人的恋情开花结果……

忽然,初江朝新治一笑,从衣袖里掏出桃色的小贝壳:

"这个,可记得?"

"记得。"小伙子露出好看的牙齿微微笑道。

接着,从衬衫胸口处摸出初江的小照片给她看。

初江轻轻摸一下自己的照片,推还给新治。

少女眼睛中浮现出得意的神色,以为是自己的照片保护了新治。但此时小伙子眉峰一挑,他知道:是自身的力量使得自己转危为安。